BAUM
HAUS

Über die Autorin:

Leela Wang, geboren 1973 in Peking, studierte Wirtschaftswissenschaften an der *Beijng Jiaotong University* und Medienkommunikation in Chemnitz. Während ihrer Zeit in Deutschland organisierte sie nebenbei internationale Austauschprogramme für Jugendliche, dolmetschte für verschiedene Kulturveranstaltungen und schrieb für die *Chinese European Post*. Zusammen mit ihrem deutschen Ehemann und zwei Kindern lebt Leela Wang abwechselnd in Deutschland und in China, zurzeit in Nanjing.

Leela Wang

SOMMERFERIEN IN PEKING

BAUMHAUS

BAUMHAUS TASCHENBUCH
Band 1013

1. Auflage: Juli 2012

Für Alisa,
die die Reise nach Peking allein geschafft hat.

Dieser Titel ist auch als E-Book erschienen

Baumhaus Taschenbuch und Baumhaus Verlag
in der Bastei Lübbe GmbH & Co. KG

Überarbeitete Neuausgabe der im
Baumhaus Verlag erschienenen Hardcoverausgabe

Umschlaggestaltung: Tanja Østlyngen unter Verwendung
der Covergestaltung von Judith Knabe
Satz: Bosbach Kommunikation & Design GmbH, Köln
Gesetzt aus der Adobe Caslon
Druck und Verarbeitung: CPI - Ebner & Spiegel, Ulm
Printed in Germany
ISBN 978-3-84321013-3

INHALT

床前明月光
疑是地上霜
举头望明月
低头思故乡

李白

»Vor meiner Bettstatt lag wie Reif so weiß
des Mondlichts mitternächtiges Gegleiß.
Ich hob das Haupt – der Mond schien voll und blank –
und ließ es wieder sinken, heimwehkrank.«

Li Bai (700 n. Chr.)

Noch vor Weihnachten

»Was riecht hier so gut? Habt ihr Kekse gebacken?« Papa ist gerade von seiner Arbeit zurückgekommen und steckt den Kopf durch die Küchentür.

»Papa! Papa ist da!« Ricky klettert von seinem Stuhl herunter und schmeißt sich in Papas Bärenarme. Nach einem bärtigen Kuss lässt er meinen Bruder wieder auf den Boden.

»Das hast du ja hübsch gemacht, Lisa«, begrüßt mich Papa lächelnd und schaut auf die Weihnachtsdekoration. Auf dem Tisch steht mein Weihnachtsteller, den ich in der Schule aus Tannenzapfen und roten Beeren gebastelt habe.

»Ich weiß.« Ich lächle zurück und decke weiter den Tisch. Es sind nur noch ein paar Tage bis Weihnachten und Mamas Augen strahlen jetzt schon wie die Lichter am Weihnachtsbaum. »Stell dir vor, wir haben acht verschiedene Sorten Kekse gebacken!«, sagt sie stolz.

Papa ist beeindruckt. »Da wart ihr aber fleißig!«

»Tja«, Mama zuckt nur mit den Achseln, »nicht wirklich. Ich habe heute eine Keksparty veranstaltet. Sieben Feen waren zu Gast und jede hat eine Sorte Plätzchen gemacht.«

Mama zwinkert Ricky und mir zu und streckt Papa eine Dose Kekse entgegen:

»Schau sie dir mal an!«

Papa bekommt große Augen: »Wirklich? Welche Feen?«

Bevor Mama antworten kann, sagt Ricky schon laut und stolz: »Ich weiß es, Papa. Fee Lucy aus Schokoladenland, Fee Susi aus Zuckerland, Fee Althea aus Milchland und … den Rest habe ich vergessen.«

Typisch Mama, denke ich. Sie hat sich mal wieder eine Geschichte ausgedacht. Von Feen, Drachen oder Piraten kann sie erzählen, ohne auch nur mit der Wimper zu zucken. Und mein Bruder Ricky, der gerade mal drei Jahre alt ist, glaubt alles, was sie sagt. Doch die Keksparty hat Mama bestimmt wieder für den internationalen Klub organisiert. Und dass Tante Lucy in Wirklichkeit aus Kanada kommt, Tante Susi aus Schottland und Tante Althea aus Italien, das weiß ich ganz genau. Ich bin nämlich schon neun. Und Mama hat mir nach der ersten Kochparty des internationalen Klubs alle Länder auf der Weltkarte gezeigt, aus denen die Tanten kommen.

»Aha«, lacht Papa, der bereits an solche Geschichten von Mama gewöhnt ist. »Sind die Florentiner von der Mama Fee?«

Schon beißt er in einen hinein: »Hmm, lecker. Die sind aber wirklich groß!« Das stimmt. Mamas Kekse sind mindestens doppelt so groß wie alle anderen Kekse.

Bevor Papa noch einen weiteren Keks nehmen kann, kriegt er einen Klaps auf die Hand.

Papa zieht die Hand zurück: »Was? Groß ist doch schön – wie der Kaiserpalast, der Große Buddha von Leshan, die Chinesische Mauer …«

»Und meine ehemalige Schule in Peking!«, bringe ich Papas Satz zu Ende.

Mama wirft mir einen kurzen Blick zu, dann kann sie sich ein Kichern nicht mehr verkneifen: »O.K. Aber nimm nicht so viel. Die Kinder haben schon fast eine ganze Keksdose aufgefuttert und ich will doch noch etwas nach Peking schicken.«

Plätzchen backen ist nicht gerade Mamas Stärke. Sie hat es erst in Deutschland von Tante Peggy Morgenstern gelernt, der Mama von Max. Tante Peggy ist Mamas beste Freundin und wir wohnen in demselben Doppelhaus – wir auf der Ostseite und Morgensterns auf der Westseite. Aber dass Tante Peggy und Mama sich so gut verstehen, liegt wohl auch daran, dass Max' Papa in Peking arbeitet. Meine Mama kommt nämlich aus Peking und nach meiner Geburt haben wir zuerst ein paar Jahre in Deutschland gelebt und sind anschließend nach Peking gezogen. Wir haben dort drei Jahre lang gewohnt. Viel zu kurz, wenn man mich fragt. In

Schönau, dem kleinen Vorort, in dem wir jetzt wohnen, gibt es nur eine einzige Chinesin, meine Mama. Und das, obwohl mehr als 1,3 Milliarden Chinesen auf der Welt leben!

Auf jeden Fall ist Tante Peggy oft bei uns – mit Max, natürlich.

Max ist jetzt zehn Jahre alt und geht mit mir in die gleiche Schule. Als wir von China hierher gezogen sind, habe ich ihn gleich wiedererkannt. Er hat immer noch so blonde, lockige Haare. Neu ist, dass er jetzt fast jeden Tag Fußball spielt und einen Golden Retriever, Sandy, hat.

Mama sagt oft: »Was für ein Glück, dass wir Morgensterns neben uns haben …« An manchen schönen Sommerabenden sitzen meine Mama und Tante Peggy einfach nur auf der Treppe vor unserem Doppelhaus und unterhalten sich. So lange, bis sie Abendbrot machen müssen. Dabei kichern sie ab und zu laut – wie zwei kleine Mädchen. Was ich nicht verstehen kann: Wenn die Erwachsenen zusammenkommen, dann unterhalten sie sich nur. Sie reden und reden und spielen nicht mal »Hase und Jäger« oder »Stille Post« miteinander.

Einmal, auch an so einem schönen Abend, lobte Tante Peggy Mamas Kochkunst. Da verriet ihr Mama: »Ich kann keine Kekse backen. Wir Chinesen haben meist gar keine Backöfen zu Hause.«

»Aber Kekse backen ist nicht so schwierig«, hat Tante Peggy erwidert. »Morgen bringe ich ein Rezept und Zuta-

ten mit und wir backen etwas zusammen.« Und so hat Mama Florentiner backen gelernt.
Mama scheint jetzt so richtig zufrieden mit sich zu sein. »Weißt du, ich habe sieben neue Rezepte, die ich ausprobieren kann«, erzählt sie Papa ganz verzückt. »Wir haben nämlich nicht nur gemeinsam Kekse gebacken, sondern auch die Rezepte ausgetauscht und alle sind davon begeistert. Ist die Keksparty nicht eine tolle Idee?«

Papa umarmt Mama: »Eine ganz tolle Idee! Aber was ist mit dem Copyright?«

Haben Keksrezepte auch Copyright? Ich wundere mich.

Mama wird rot. Und Papa schafft es gerade noch, einen dicken Kuss auf ihre Wange zu drücken, bevor ein Kochlöffel auf seinem Kopf landet.

»Yak! Schau mal, Ricky, Papa hat Mama geküsst«, lache ich laut. Ricky schreit aber noch lauter: »Schneller! Mama! Schneller!«

Das ist wirklich eine spannende Jagd: Papa springt über das Sofa und Mama mit dem Kochlöffel hinterher.

»O.K., O.K., du hast gewonnen!« Papa ist ein bisschen außer Atem und hält sich mit beiden Händen den Kopf. Wie immer gibt er zuerst auf. Ich und Ricky klatschen begeistert in die Hände und jubeln laut dazu: »Hurra! Mama hat gewonnen!«

Mama winkt uns mit dem Kochlöffel zu und verbeugt sich elegant.

»Jetzt setzt euch bitte alle an den Tisch. Es gibt Abendessen!«, kommandiert sie wie ein General. Am Tisch frage ich: »War Tante Peggy heute auch da?«

»Ja, sie war auch da«, antwortet Mama, »und stellt euch vor, Max ist gestern allein nach Peking zu seinem Papa geflogen!«

Davon hat Max mir gar nichts erzählt! Ich bin neugierig: »Warum fliegt er allein? Wann kommt er zurück?«

Mama und Papa wechseln einen kurzen Blick und Mama antwortet schnell: »Er bleibt nur über Weihnachten bei seinem Papa.«

»Warum verbringt Max Weihnachten nicht zusammen mit seinen Eltern?«, frage ich weiter. »Früher kam Max' Papa Jörg doch immer von Peking zurück, um hier Weihnachten zu feiern.«

Mama überlegt, als wäre die Frage sehr schwierig zu beantworten. Als ich zwischen Mama und Papa hin- und herstarre, sagt Papa plötzlich begeistert: »Wow, das ist sehr mutig! Max ist nur ein Jahr älter als Lisa, stimmt's?«

»Ja. Er hat es auch super geschafft. Ganz allein!«, antwortet Mama. Jetzt nicken die beiden so, als ob Max der beste Junge der Welt wäre. Seltsam. Ich finde Max eigentlich ein bisschen zu frech, wie alle Jungen in der Schule.

»Hast du vergessen, Papi, dass er einmal alle deine Hemden aus dem Schrank herausgezogen und auf den Fußboden geschmissen hat?« Papa lacht und schneidet Fischstäbchen für Ricky. »Er war damals erst vier Jahre alt. Und das hat damit auch gar nichts zu tun.«

»Ricky ist erst drei und macht schon nicht mehr solchen Unfug«, behaupte ich hartnäckig. Leider fängt Ricky gerade in diesem Moment zu brüllen an: »Ich will keine Fischstäbchen! Ich will Kekse essen! So viele noch!« Und dabei streckt er uns alle zehn Finger entgegen.

Na gut, Ricky ist immer noch ein Jahr jünger, als Max damals war. Papa hat damals jedenfalls selbst gesagt: »So ein frecher Junge!«

Mama zwinkert mir zu und sagt: »Da ist wohl jemand ein bisschen eifersüchtig, oder nicht?«

»Natürlich nicht!« Ich bin etwas verlegen, aber dann habe ich plötzlich eine Idee. »Warum sollte ich? Ich fliege in den Sommerferien auch allein nach Peking. Zu Oma und Opa!«

»Wirklich?«, fragen Mama und Papa wie aus einem Mund.

»Ja, bitte! Ist das nicht eine tolle Idee?« Je mehr ich darüber nachdenke, desto begeisterter werde ich. »Ich habe meine Lao Lao und meinen Lao Ye fast drei Jahre nicht mehr gesehen. Wäre es nicht toll, wenn ich bei ihnen die Sommerferien verbringen würde?«

Oma und Opa heißen auf Chinesisch Lao Lao und Lao Ye. Wenn ich das sage, dann wissen alle in meiner Familie, dass ich meine chinesischen und nicht meine deutschen Großeltern meine. Ganz praktisch.

Ich füge hinzu: »Ich könnte auch meine beste Freundin Sophie und Onkel Peter wieder besuchen! Und meine ehemalige Schule und Ms Welsen!« Mein Herz schlägt jetzt viel schneller.

Papa und Mama blicken sich bestürzt an. »Es ist nicht so einfach, wie du denkst. Wir können in den Sommerferien nicht so lange Urlaub nehmen.«

Ich unterbreche sie schnell: »Müsst ihr auch nicht. Ich habe doch gesagt, dass ich allein nach Peking fliegen will!«

Mama seufzt und schaut mir direkt in die Augen. Ihre Stimme ist jetzt zärtlich und leise: »Lisa, du weißt, dass deine ehemalige Schule in Peking dann auch Ferien hat. Niemand in deiner Schule wird da sein.«

Sie weiß, wie ich meine ehemalige Schule vermisse. Sie weiß auch, dass Ms Welsen aus Australien meine Lieblingslehrerin war. Ich senke meinen Blick auf den Teller und presse meine Lippen fest zusammen. »Dann eben keine Schule. Aber ich will zumindest Lao Lao und Lao Ye in Peking besuchen«, sage ich entschlossen.

Papa räuspert sich und fängt vorsichtig an: »Na ja, die Idee ist nicht schlecht, aber … »

Ich stopfe mir die Ohren zu und sage hastig: »Kein ›Aber‹. ›Aber‹ ist nie gut!«

»Lisa!« Mamas Ton klingt diesmal sehr bestimmt. Dann folgt ein Blick, der »Schluss jetzt!« heißt. Ich kenne solche Blicke von Mama und weiß, dass sie auch sehr streng werden kann. Am liebsten hätte ich geschrien: »Es ist so unfair! Du musst doch wissen, wie ich Lao Lao und Lao Ye vermisse!« Aber stattdessen greife ich nach meinem Wasserglas und trinke einen Schluck. Meine Hand zittert dabei ein wenig – und plötzlich fällt mir wieder etwas ein.

Ich sage beschwörend: »Ich kann auch in Peking viel besser Chinesisch üben als am Samstag in deiner Chinesisch-Schule, wo wir jedes Mal nur ein paar Sätze lernen. Das ist viel zu leicht. Außerdem sprechen alle Kinder nach dem Unterricht wieder nur Deutsch miteinander.«

Ich schwöre, Mama ist von meinem Argument schon überzeugt. Das kann ich an ihrem Lächeln sehen. Sie gibt es nur noch nicht zu. Aber so sind die Erwachsenen halt.

Seit wir von Peking nach Deutschland gezogen sind, versucht Mama eifrig, mir Chinesisch beizubringen. Irgendwann kam sie auf die Idee, eine Chinesisch-Schule zu gründen, wo Kinder am Samstagvormittag Chinesisch lernen können. Am Anfang sind nur fünf Kinder von Mamas Freunden zum Unterricht gekommen und das Klassenzimmer war einfach unser Wohnzimmer. Jetzt sind wir schon 15 Kinder und unser Wintergarten ist als Klassenzimmer langsam zu klein. Es wäre eine Katastrophe für Mama, wenn ich später keine schönen chinesischen Bücher lesen könnte.

»Ich will auch nach Peking fliegen!«, schreit plötzlich Ricky, den wir fast vergessen haben. Oh nein!

»Du bist noch zu klein dafür. Du bist doch noch ein Baby!«, sage ich genervt.

Ricky starrt mich mit großen Augen an und schreit noch lauter: »Mama, Lisa sagt, ich bin ein Baby!«

Mama wirft mir einen vorwurfsvollen Blick zu und tröstet ihn: »Nein, du bist natürlich kein Baby, sondern ein großer Junge, der schon Scooter fahren kann!«

»Ja, du bist nämlich der Scooterman!«, kommt Papa jetzt dazu.

»Scooterman?« Ricky guckt irritiert zu Mama. Er ist gerade von Spiderman begeistert und wünscht sich vom Weihnachtsmann nichts sehnlicher als ein Spiderman-Kostüm.

Mama lenkt ein: »Ja, Scooterman. Der beste Freund von Spiderman. Weißt du, es war einmal …«

Da ist mein Chance vorbei. Wenn Mama mit so ausgedachten Geschichten anfängt, dann kann sie ohne Ende erzählen.

»Über die Chinareise reden wir später«, sagt Papa nur knapp. Ich wollte noch protestieren, doch meine Eltern lassen keinen Widerspruch mehr zu. Mama hätte vielleicht gleich zugestimmt – wenn Ricky nicht gestört hätte. Manchmal ist es ganz schön anstrengend, einen kleinen Bruder zu haben.

Als Papa mich und Ricky später ins Bett bringt, erzählt er mit großer Begeisterung: »Heute hat der Vollmond die geringste Entfernung von der Erde. Deswegen ist er auch 30 % heller und 14 % größer als normalerweise und wird auf Englisch ›perigee moon‹ genannt.« Papa hat in England studiert und weiß eben alles, auch zum Beispiel, dass der Leshan Buddha 71 Meter hoch ist und vor über 1000 Jahren von einem chinesischen Mönch gebaut wurde.

In der Nacht wälze ich mich lange im Bett herum. Der Mond ist heute Abend wirklich so hell und groß, dass ich alles in meinem Zimmer genau sehen kann. An der Wand hängt der rote Libellendrachen, den wir von Peking mitgebracht haben. Er schaut mich mit seinen großen Augen an, als wollte er sagen: »Ich weiß, was dein Herzenswunsch ist.«

Woher sollte er das wissen? Ich wundere mich. Ich habe doch selbst erst jetzt gemerkt, dass ich nach China zu Lao Lao und Lao Ye fliegen möchte.

Als ich die Schatten auf dem Mond anschaue, versuche ich Chang'e, die »Göttin des Mondes«, und ihren Jadehasen zu erkennen. Lao Lao hat mir diese Geschichte oft bei Mondfesten erzählt: »In der Vorzeit gab es zehn Sonnen, in die sich die zehn Söhne des Kaisers Jade verwandelt hatten. Die Erde vertrocknete und die Ernte verdorrte. Hou Yi, der Bogenschütze, schoss alle Sonnen herunter, bis auf die letzte, die bis heute jeden Tag pünktlich auf- und untergeht. Als Belohnung bekam er von der Königinmutter die Pille der Unsterblichkeit geschenkt. Die Königinmutter warnte ihn jedoch: Um unsterblich zu werden, benötigt man nur die Hälfte der Pille. Hou Yi versteckte daraufhin die Pille gut in einem Kästchen und untersagte seiner Frau Chang'e, das Kästchen zu öffnen. Aber Neugier packte Chang'e und sie fand die Medizin genau in dem Moment, als Hou Yi nach Hause kam. Aus Panik schluckte sie die ganze Pille der Unsterblichkeit und schwebte daraufhin zum Mond empor.

Seitdem lebt sie dort ganz allein, als Göttin des Mondes. Nur ihr weißer Hase, der Jadehase genannt wird, ist bei ihr. Und manchmal, wenn man genau hinschaut, kann man die beiden erkennen.«

Ich betrachte den Mond noch eine ganze Weile: Heute kann ich die Göttin und ihren Jadehasen besonders gut sehen. »Vollmond, hmm?«, denke ich, das muss doch auch eine Bedeutung haben. Bei Vollmond geht doch bestimmt mindestens ein Herzenswunsch in Erfüllung …

读书何所求
将以通事理

张维屏

»Lernen ist der Schlüssel zur Lösung des Problems.«

Zhang Weiping (1708–1859)

Die neue Schule

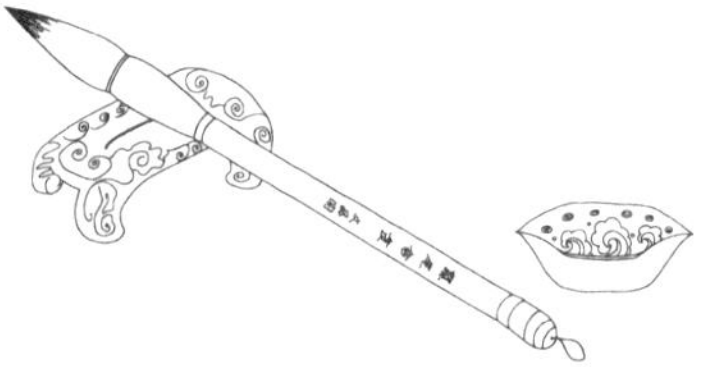

Ich muss zugeben, dass ich ziemlich enttäuscht war, als ich das erste Mal vor meiner neuen Schule in Schönau stand. Durch den Umzug hatte ich die erste Schulwoche verpasst und war ziemlich nervös, aber Mama sagte schon vor unserem Besuch, dass ich die neue Schule mögen würde. Als ich dann das Schulgebäude sah … An diesen Tag erinnere ich mich, als wäre es gestern gewesen.

»Schau mal den kleinen roten Turm und die blühende Clematis an der Wand! Wie romantisch!«, rief Mama und zeigte aufgeregt durch das Autofenster, während Papa parkte. Was ich jetzt sah, gefiel mir gar nicht: Die Schule war im Prinzip nur eine alte Villa mit einem großen Garten. Meine ehemalige Schule in China war riesengroß und modern! Wir hatten zwei gigantische Spielplätze und eine riesengroße Turnhalle. Eine Cafeteria hatten wir auch, und es wurde immer lecker gekocht. O.K., die Schule in Schönau war schon 150 Jahre alt und vorher wohnte da die Familie eines italienischen Künstlers. Na und?

Papa sagte zu mir: »Ich glaube, du kannst sogar in die Schule laufen. Ich schätze mal: Sie ist maximal 20 Minuten von zu Hause entfernt.«

In China fuhr ich mit unserem Schulbus zur Schule, der direkt vor unserer Haustür hielt. Aber man musste lange fahren, besonders wenn es Stau gab, was oft passierte. Zum Glück saß ich im Bus immer neben Sophie, meiner besten Freundin, sodass es mir nie langweilig wurde.

Die holzigen Treppenstufen quietschten laut, als Papa und Mama Ricky in seinem Kinderwagen hochtrugen. Einen Aufzug gab es in so einem alten Haus natürlich nicht.

Als Papa und Mama auf einem weißen Sofa vor dem Büro der Direktorin saßen und warteten, schaute ich mich etwas um: die breiten Sofas, die vielen grünen Pflanzen, die großen Fenster … Ricky saß im Kinderwagen und starrte gebannt auf ein paar bunte Fische, die in einem Aquarium herumschwammen und Mamas Fingerbewegung folgten.

Als ich durch das große Fenster in den Garten schaute, traute ich meinen Augen kaum. »Mama, schau mal. Ist das … ein Pony?« Tatsächlich: Da war ein schneeweißes Pony im Hintergarten, das gerade frisches Gras knabberte.

»Hast du schon unsere Scheddy entdeckt?«, fragte eine

Stimme hinter mir. »Wir haben auch noch ein paar Hasen und eine schwarze Ziege.«

Als ich mich umdrehte, sah ich zwei Frauen, die mir die Hand reichten. Es ist hier üblich, dass man sich bei der Begrüßung die Hand gibt. Das habe ich schon kapiert. Also schüttelte ich ihre Hände und sagte höflich: »Hallo.« Mama hatte mir vorher ein paar Mal gesagt, wie wichtig es sei, einen guten ersten Eindruck zu hinterlassen. Aber nun konnte ich unmöglich noch länger mit meiner Frage warten: »Dürfen wir in der Pause auf dem Pony reiten?«

»Nicht in der Pause, aber nach der Schule. Die Pause ist zu kurz fürs Reiten. In der Pause wird Scheddy nur gestreichelt und gefüttert.« Die ältere Dame schaute stolz meine Eltern an und erzählte weiter: »Unsere Kinder kümmern sich selbst um die Tiere.«

Hieß das, wenn ich in diese Schule gehe, darf ich jeden Schultag Scheddy füttern und auf ihr reiten? Mein Herz schlug schneller und ich schaute Mama an. Sie zwinkerte mir spitzbübisch zu, als ob sie damit ausdrücken wollte: »Habe ich nicht gesagt, dass es dir hier gefallen wird?«

Die ältere Dame war Frau Richter, die Direktorin. Die andere Frau war ziemlich jung. Sie trug einen kurzen Rock und Schuhe mit hohen Absätzen!

»Du musst Lisa sein«, sagte sie. »Ich bin Grit und unterrichte in der zweiten Klasse. Ich freue mich, dich kennenzulernen.«

Eigentlich hieß sie Frau Wolf, aber die Kinder durften

alle Grit zu ihr sagen. »Frau Wolf« hätte auch gar nicht zu ihr gepasst, da sie so ein sympathisches Lächeln hatte. Ich mochte sie sofort.

Die beiden führten uns nun direkt zu einem Klassenzimmer. An der Tür hing ein großes, von Kindern bunt bemaltes Schild. »Herzlich willkommen«, las ich leise vor mich hin. Merkwürdigerweise fiel mir das Deutschlesen gar nicht so schwer. Das war wie in meiner ehemaligen Schulklasse in China. Damals war ich sogar die Erste, die lesen konnte – allerdings auf Englisch.

In dem Klassenzimmer gab es viele interessante Sachen, sodass ich nicht wusste, wohin ich zuerst schauen sollte: bunte Kinderbilder, lustige Tierfiguren, gebastelt aus Kastanien, eine Kuschelecke mit weichen Kissen und durchsichtige Vorhänge …

»Wo sind die Kinder?«, fragte ich.

»Beim Sportunterricht«, sagte Grit. »Wir haben keine eigene Turnhalle, aber die nächste Sporthalle ist nur zehn Minuten zu Fuß entfernt.«

»Was ist das?« Als ich die vielen Pyramiden aus goldenen Kugeln sah, wurde ich neugierig. Grit sagte: »Damit kann man die Potenzrechnung lernen. Das kommt zwar noch nicht in der zweiten Klasse dran, aber wenn du willst, kann ich es dir kurz zeigen.«

Mit den Pyramiden zu rechnen, war spannend und Grit war genauso nett wie Ms Welsen, fand ich.

Als meine Eltern mit Frau Richter wieder ins Büro gingen, um irgendwelche Formulare zu holen, wartete ich mit Ricky im Flur. Es klingelte plötzlich und viele Kinder stürmten aus den Klassenzimmern heraus. Max war einer davon.

»Hallo, Lisa«, sagte er und lief zusammen mit einem anderen Jungen sofort zu uns herüber. Die anderen Kinder stoppten und schauten mich neugierig an. Ich fühlte mich plötzlich ganz merkwürdig: Was ist, wenn die Kinder mich gar nicht mögen?

Zu meiner Überraschung beugte sich der andere Junge zum Kinderwagen hinunter.

»Ist das dein Bruder?«, fragte er. Er ließ Ricky mit seinen Fingern spielen und lächelte ihn an.

Ich glaubte es nicht. Seit wann mögen Jungen denn Babys? Bevor ich etwas sagen konnte, antwortete Max schon für mich: »Er heißt Ricky. Er ist Lisas Bruder.«

Ricky freute sich über die Aufmerksamkeit und lächelte den Jungen fröhlich an. Vor Aufregung bekam er sogar einen lauten Schluckauf.

»Oh, er hat Schluckauf! Wie süß!«

Jetzt kamen noch einige Mädchen dazu: »Darf ich auch mal seine Hand halten?«, fragten sie mich.

Eine Gruppe Kinder rannte von draußen herein. Bestimmt war das die zweite Klasse, die jetzt vom Sportunterricht zurückkam.

Um mich herum war plötzlich so viel Trubel, dass ich

fast nicht gemerkt habe, dass die Kinder im Flur mittagessen mussten, weil die Schule keine Cafeteria hatte.

»Bist du Max' neue Nachbarin aus China?«, fragte ein Mädchen mit roter Brille. Sie war das einzige Mädchen, das sich im Moment mehr für mich als für Ricky interessierte.

»Ja«, sagte ich. Warum fiel mir nichts ein, was ich noch sagen konnte?

»Wie heißt du denn?«, wollte sie wissen.

»Lisa«, antwortete ich. »Lisa Wang.«

Es ist in China üblich, dass die Frauen nach dem Heiraten ihren Familiennamen behalten. Meine Eltern haben sich bei ihrer Heirat darauf geeinigt, dass sie das auch so machen wollen. Ich glaube, damals hatte jemand vorgeschlagen, dass Mama doch lieber Papas deutschen Namen übernehmen sollte. Weil es dann für Mama leichter wäre und niemand gleich an ihrem Namen merken könnte, dass sie eine Ausländerin ist.

»Aber ich bin doch eine Chinesin. Na und?«, sagte Mama nur. Und da ich das erste Enkelkind von Lao Ye und Lao Lao bin, sollte ich den Familiennamen Wang auch übernehmen. Wenn alles nicht so gewesen wäre, hätte meine Mama meine Klassenlehrerin Grit so begrüßen müssen: »Hallo, Frau Wolf. Ich bin Frau Hase ...« Das ist nämlich der Nachname meines Papas. Das wäre doch sehr lustig gewesen.

»Ist Wang auch Chinesisch?«, fragte das Mädchen wieder.

»Ja, Wang heißt König«, versuchte ich zu erklären.

»Aha.« Sie lachte mich mit leuchtenden Augen an: »Lisa König heißt du dann.«

Jetzt musste ich ebenso lächeln.

»Kommst du auch auf unsere Schule?«, fragte sie mich weiter.

»Vielleicht …« Meine Eltern hatten mir gesagt, dass wir uns noch andere Schulen anschauen würden, falls mir diese nicht gefiel. Nach kurzem Zögern sagte ich jedoch: »Ja, ich denke schon.«

Dann sah ich, dass meine Eltern aus dem Büro herauskamen. »Ich muss jetzt gehen. Tschüss!«, sagte ich entschuldigend zu dem Mädchen.

»Tschüss«, sagte sie freundlich zurück. »Bis bald!«

»Die Kinder sind aber sehr nett. Findest du nicht?«, fragte mich Papa begeistert auf dem Weg zum Auto.

»Ja«, antwortete ich nur beiläufig und fragte mich, wie das Mädchen mit der roten Brille wohl heißen würde. Und dann dachte ich, dass so ein nettes Mädchen bestimmt schon ganz viele Freunde in der Klasse hatte, da die Kinder in der zweiten Klasse einander schon ein Jahr lang kannten. Nur mich kannte keiner. Ich war neu.

Sie hieß Emily. Als ich an meinem ersten Schultag ins Klassenzimmer kam, sah ich sie schon: Das Mädchen mit der roten Brille, das mir fröhlich winkte. Ich lächelte ihr zaghaft zu und freute mich, als Grit sagte, dass ich an

Emilys Vierertischgruppe sitzen durfte. Ich bekam den Platz neben Nicole, und Emily und Sarah saßen uns gegenüber. Die drei waren offensichtlich schon gute Freundinnen.

Erst im Deutschunterricht wurde mir klar, dass ich noch Schreibschrift lernen musste. Das war ziemlich anstrengend. Ich hatte in China nicht mal gehört, dass es so etwas wie Schreibschrift gab.

»Warum müssen wir das lernen?«, jammerte ich in der Pause.

»Ach, Lisa, das schaffst du schon«, sagte Sarah.

»Chinesisch zu schreiben ist bestimmt viel schwieriger als Schreibschrift«, meinte Nicole.

»Wenn du willst«, schlug Emily vor, »bringe ich dir die Schreibschrift bei und du mir Chinesisch.«

Zum Glück hatten wir gleich danach Kunstunterricht und wir sollten mit Luftballons etwas basteln. Bevor es losging, fragte unsere Kunstlehrerin Frau Zimmermann, was im Innern des Luftballons sei.

»Nichts!«, riefen alle Kinder.

»Überlegt noch mal!«, sagte Frau Zimmermann geduldig und schob ihre Brille hoch.

»Nichts«, war immer noch die Antwort. Viele Kinder schüttelten nun die Ballons und kicherten laut.

»Wirklich nichts?«, fragte Frau Zimmermann nach einer Weile erneut.

Die Art und Weise, wie sie es sagte, gab mir den Eindruck, dass die Antwort nicht so einfach sein sollte. Ich nahm den Luftballon hoch, hielt ihn gegen das Licht und schaute noch einmal hinein. Es gab nichts in dem Ballon. Ich überlegte und plötzlich fiel mir doch eine Antwort ein.

Ich hob meine Hand. Frau Zimmermann drehte sich zu mir und sah ein bisschen überrascht aus: »Ja, Lisa?«

»Luft!« Ich sagte es schnell und laut: »Luft ist in dem Luftballon drin!« Ich merkte, wie die ganze Klasse mich anstarrte.

»Richtig! Gut gemacht, Lisa!« Frau Zimmermann nickte lobend. Ich war wirklich glücklich darüber, dass ich eine richtige Antwort gegeben hatte. Und das sogar an meinem ersten Schultag!

Der Englischunterricht war sehr leicht für mich. Englisch fing hier erst in der zweiten Klasse an und ich las damals schon jeden Abend vor dem Zubettgehen den neuen Band von »Harry Potter« im englischen Original. Das Buch war ein Umzugsgeschenk von Papa, der auch ein »big fan« von Harry Potter war. Im Unterricht war es deshalb ziemlich langweilig für mich, Körperteile auf Englisch zu lernen. Doch unsere Englischlehrerin lehrte uns dazu einen englischen Rap-Song. Das war echt lustig.

Wie Papa geschätzt hatte, war meine neue Schule wirklich nur 20 Minuten von unserem Zuhause entfernt. Jeden Morgen um sieben Uhr klingelte Max bei uns. Dann liefen wir zusammen bis zur Hauptstraße. Dort kamen noch viele andere Kinder dazu. Max lief nun mit den Jungs weiter und ich mit anderen Mädchen – hinauf bis zur Spitze des Hügels, wo unsere Schule lag.

Das war aber nur der offizielle, schnelle Schulweg. Nach der Schule rannte ich am liebsten quer über den Hügel, runter bis zu einem breiten Fußgängerweg. Auf der rechten Seite des Weges fuhr die Straßenbahn ins Stadtzentrum. Auf der linken Seite war der Silberbach, an dem ich entlanglief, bis ich eine Steinbrücke überqueren musste. Von der Brücke aus konnte man unseren Garten und das Doppelhaus schon sehen. Es lag einfach am Fuß des Hügels.

Mama meinte, dass wir jetzt wie der chinesische Kaiser wohnten, obwohl unser Haus kleiner war als vorher in China. Laut Feng Shui, der Lehre von der Harmonie zwischen dem Menschen und seiner Umgebung, wohnen wir aber genau richtig. Unser Haus zeigt nach Süden. Vorn ein kleiner Bach, hinten ein kleiner Berg. »Und daneben noch die besten Freunde«, seufzte Mama ganz zufrieden. »Das ist sogar noch besser als der Kaiserpalast.«

»Und der Kaiserpalast hat kein deutsches Heizungssystem«, fügte Papa stolz hinzu.

Auf dem schönen Schulweg am Bach entlang, den mir Max gleich am zweiten Schultag gezeigt hatte, konnte man viel entdecken. Nach einer Woche wollte ich deshalb gerne allein von der Schule nach Hause laufen. Doch als ich mich von Emily, Sarah und Nicole vor dem Schuleingang verabschiedete, stand Mama ein Stück weit entfernt hinter einem Busch versteckt.

»Ist das nicht deine Mama?«, fragte Nicole und die Mädchen schauten verwundert zu dem Busch hinüber.

Ich überlegte, ob ich Nein sagen sollte. Dann erinnerte ich mich daran, dass sie meine Eltern bei unserm ersten Besuch in der Schule schon einmal gesehen hatten.

»Ja, das ist meine Mama«, sagte ich schnell. »Also bis morgen.«

»Bis morgen!«, sagten Emily, Sarah und Nicole. Bevor sie sich umdrehten und weggingen, meinte Nicole noch: »Deine Mama ist wirklich lustig.«

Ich seufzte und rief laut zu Mama hinüber: »Ich habe dich gesehen, Mama.«

»Hi, Schätzchen«, sagte Mama und kam langsam aus dem Busch gekrochen, ein bisschen rot im Gesicht. Trotzdem winkte sie den Mädchen zu und rief laut: »Tschüss!«

Emily, Sarah und Nicole winkten Mama lächelnd zurück.

Bevor Mama fragen konnte, sagte ich schon: »Das sind Emily, Sarah und Nicole und sie sitzen mit mir zusammen an einem Tisch in der Klasse.«

Warum sagten meine Eltern auf der einen Seite immer, dass ich selbstständig werden sollte, dass ich schon groß wäre und wir kein Kindermädchen mehr brauchten, aber auf der anderen Seite versteckte Mama sich hinter einem Busch? Mal ganz ehrlich, das machen doch nur kleine Kinder!

»Ich möchte bloß schauen, ob auch alles gut läuft…«, erklärte Mama ein bisschen schuldbewusst. Auf dem Weg nach Hause gab sie mir jedoch das Versprechen, so etwas nicht noch einmal zu machen.

Am nächsten Tag lief ich endlich allein nach Hause. Ich sah zuerst viele Ameisen, die einen Tausendfüßler in ihr Erdnest schleppten. Dann traf ich am Bach einen braunen Hasen, der ohne Angst auf der Wiese herumhüpfte. Der Trick in solch einer Situation ist: Man muss ganz still stehen bleiben. Wie ein Stein. Und das kann eben nicht jeder. Ricky zum Beispiel schafft das nicht – selbst wenn du es ihm hundertmal erklärst.

Als ich ankam, hielt Mama mich lange im Arm, als ob sie mich schon einen Monat nicht gesehen hätte.

»Ihr habt doch um 11:30 Uhr Schluss. Jetzt ist es schon 12:13 Uhr. Warum hat es so lange gedauert?« Dabei guckte sie noch mal auf die Wanduhr.

Als Mama klein war, hat sie einmal zwei Stunden gebraucht, um von ihrer Schule nach Hause zu kommen. Das hatte Lao Lao mir mal erzählt. Der Schulweg war aber auch nur 20 Minuten zu Fuß. Jetzt wäre es natürlich zu unhöflich, Mama an ihren Rekord zu erinnern. Deswegen sagte ich nur: »Ach, Mama. Ich habe einen Hasen beobachtet und bin halt ein bisschen langsam gelaufen.«

Ich zog einen Zettel aus meinem Schulranzen heraus und drückte ihn Mama in die Hand.

»Was ist das?«, fragte Mama, als sie den Zettel las.

»Das hat mir Emily gegeben. Sie hat gesagt, ich kann sie mal besuchen, wenn ich will. Hier sind ihre Telefonnummer und ihre Adresse.«

»Wirklich!« Mamas Augen leuchteten. »Und?« Sie schaute mich erwartungsvoll an.

»Was und?«, fragte ich zurück.

»Und, rufst du sie an? Habt ihr in der Schule etwas zusammen gemacht? Magst du sie auch?«

Plötzlich hatte Mama ganz viele Fragen. Ich verstand nicht, warum Mama so aufgeregt war. Ich hatte doch immer viele Freunde ... in Peking.

»Emily hat mich in der Pause viel über China gefragt. Sie möchte, dass ich ihr ein paar chinesische Schriftzeichen zeige. Leider kenne ich gar nicht so viele. Ich habe ihr dann beigebracht, wie man ›Hallo‹ auf Chinesisch sagt.«

Als ich daran dachte, wie Emily »Nĭ Hăo« nachgesprochen hatte, musste ich lachen.

»Wie schön! Soll ich Emilys Mama anrufen und Emily zu uns nach Hause einladen?« Mama ging schon zum Telefon. Hatte sie Tränen in den Augen? Ich konnte es nicht fassen. So ist meine Mama eben. Sie weint manchmal auch, wenn sie im Fernsehen die Nachrichten schaut. Also, wenn es irgendwo Erdbeben gibt oder wenn Eltern zum Beispiel ihre verschwundenen Kinder wiedergefunden haben.

Ich schlug mein Heft auf und tat so, als ob ich meine Hausaufgaben machen würde. Die Aufgaben waren nicht schwer, aber ich musste die Schreibschrift noch nachholen. Ich hörte zu, wie Mama am Telefon für morgen einen Besuch bei Emily organisierte. Bestimmt war Emilys Mama am Telefon, weil Mama jetzt sagte: »Emily kann auch jederzeit zu uns kommen. Das nächste Mal mache ich ein paar Flühlingslollen für die Kinder.« Dann lachte sie und legte den Hörer auf.

Ich seufzte. Wie peinlich, dass Mama einfach nicht »Frühlingsrolle« sagen konnte.

Mama summte ein Lied und holte Stäbchen aus dem Geschirrspüler. Im Wohnzimmer stapelten sich noch immer die Umzugskisten fast bis zur Decke, aber die Küche sah schon ziemlich ordentlich aus.

Ich fragte Mama beiläufig: »Mama, warum essen wir mit Stäbchen statt mit Gabel und Messer?«

Mama räumte weiter den Geschirrspüler aus und sagte: »Das stimmt nicht. Nur Papa und du esst mit Stäbchen. Ich und Ricky essen meistens mit dem Löffel, weil es schneller geht. Obwohl, ich muss sagen: Das Essen mit Stäbchen fordert das Gehirn heraus – durch die Koordination der Fingerbewegungen. Ich bin sehr stolz auf dich.«

Als ich vier Jahre alt war, konnte ich plötzlich mit Stäbchen essen. Meine Eltern hatten sich sehr gewundert, als ich eines Tages eine Schüssel Nudeln mit Kinderstäbchen geleert habe, so als ob ich das immer schon getan hätte.

»Vielleicht liegt es ihr einfach im Blut«, freut sich Mama seitdem jedes Mal, wenn sie mit jemandem darüber redet.

»Mama, warum machen wir Taiji, statt Fußball zu spielen?«, versuchte ich es mit einer weiteren Frage. »Das stimmt auch nicht. Papa macht Taiji und ich spiele meistens Fußball.« Mama konzentrierte sich weiter auf ihre Arbeit.

Ich seufzte laut. Sie hatte recht: Papa beschäftigte sich schon seit seinem Studium in England mit Taiji-Übungen und Mama liebte es, Fußball zu spielen. Sie kickte sehr oft mit uns und auch mit den Nachbarskindern auf dem Fußballplatz hinter der Schule. Warum nur waren meine Eltern so … untypisch? Schließlich war doch Papa Deutscher und Mama Chinesin.

»Mama, bin ich eine Chinesin?«, fragte ich schließlich.

»Warum?« Mama hörte diesmal auf, den Geschirrspüler weiter auszuräumen, und musterte mich prüfend.

»Na ja, die Kinder in meiner Klasse haben mich gefragt, woher ich komme. Ich bin Deutsche, habt ihr mir doch mal gesagt. Aber sie glauben mir nicht. Ich habe doch schwarze Haare – wie du.«

Mama sagte: »Na und? Dann kannst du deinen Freunden sagen: Ich habe eine chinesische Mama und deswegen habe ich schwarze Haare. Ich habe einen deutschen Papa und bin in Deutschland geboren. Deswegen habe ich die deutsche Staatsbürgerschaft.«

Ehrlich gesagt, ich wusste am Anfang gar nicht, dass ich in Deutschland geboren wurde. Aber der Kindergarten, den ich als kleines Kind besucht habe, bevor wir nach China gegangen sind, liegt nur ein kleines Stück von unserem Haus entfernt. Und Ricky geht jetzt auch dorthin.

Was ist eigentlich Staatsbürgerschaft? Warum machen die Erwachsenen alles so kompliziert? Mama sagte einmal beim Abendessen: »Nationalität ist nicht wichtig.« Aber ich bin mir nicht sicher, ob das stimmt. Warum streitet Mama mit Papa darüber, welche Mannschaft gewinnen soll, wenn China gegen Deutschland Fußball spielt?

In dem Spiegel gegenüber der Küche glänzten meine frisch geschnittenen schwarzen Haare. Meine dunklen Augen waren mandelförmig, fast so wie Papas.

Wir hatten an diesem Tag Theater-AG und ich wollte die Rolle der Annika in Pippi Langstrumpf spielen. Doch alle meinten, dass ich nicht so aussehen würde, wie Annika aussehen sollte. Auch Emily schaute mich mitleidig an. »Na ja …«, meinte sie nur und ich wusste, was sie damit sagen wollte.

Mir war früher gar nie aufgefallen, dass ich so anders aussehe als die anderen. Früher waren in meiner Klasse Kinder aus Korea, Italien, Holland, den USA, Südafrika … und wir sahen alle unterschiedlich aus. Jetzt sind wir fast nur deutsche Kinder. Es gibt bloß noch ein Mädchen in der vierten Klasse, das ziemlich dunkle Haut hat.

Als ich daran dachte, wie ein Junge in der Pause dann auch noch seine Augen mit den Fingern schmal gezogen und laut ein komisches Lied über Chinesen gesungen hatte, murmelte ich unglücklich: »Das sind nicht meine Freunde.

Mama, ein Junge hat sogar gesagt, dass die Chinesen blöd sind.«

»Wirklich?« Mama sah ein bisschen überrascht aus. »Das tut mir wirklich leid.«

Ich versuchte, das Zittern in meiner Stimme zu verbergen: »Es ist O.K. Ist mir doch Wurst!« Max hatte auch gemeint, ich sollte den Jungen einfach ignorieren. »Tobi ist eben so. Er ist zu jedem so blöd.« Außerdem konnte ich sowieso nichts gegen ihn unternehmen: Tobi war viel größer als ich.

»Nein!« Mama schaute mir jetzt direkt in die Augen: »Ich meine nicht dich. Es tut mir wirklich leid für den Jungen, der das gesagt hat.«

Ich schaute sie überrascht an.

»Ja, der Junge. So klein und schon so viele Vorurteile! Er kennt bestimmt keine Chinesen und ist noch nie in China gewesen. Er hat keine Ahnung von China. Wie schade!«

Mama sinnierte und sagte zum Schluss entschlossen: »Aber die Kinder sind noch so jung und sie können noch lernen. Wir müssen ihnen helfen.«

Helfen? Warum sollten wir ihnen helfen? Ich wollte rein gar nichts mehr mit diesem Jungen zu tun haben. Wenn ich Tobi sehe, werde ich mich einfach umdrehen und weggehen, dachte ich nur.

Als wir noch mal auf die Theater-AG zurückkamen, schaute Mama mich von oben bis unten an und meinte auch, dass ich nicht wie Annika aussehe. Wenn überhaupt, dann sollte ich eher die Pippi Langstrumpf spielen. Es war wirklich nicht sehr fair, weil ich am linken Knie gerade zwei Löcher in der Jeans hatte und ein paar Schlammstücke vom Bach an meinen Hosenbeinen klebten.

Aber dann passierte etwas noch viel Schlimmeres.

站如松，坐如钟，
走如风，卧如弓

俗语

»Stehen wie eine Pinie,
sitzen wie eine Glocke,
laufen wie der Wind,
liegen wie ein Bogen.«

Chinesisches Sprichwort

Der peinlichste Moment meines Lebens

Eines Tages nach dem Unterricht sah ich ein paar Kinder am Fenster stehen und kichern. Sie schauten alle aufgeregt in den Garten.

»Guck mal den komischen Mann da …« Tobi stand ganz vorne und redete am lautesten: »Er steht schon mindestens zehn Minuten so da. Haha! Wie komisch …«

Ich hätte am besten gar nicht hinschauen sollen, aber leider konnte ich meine Neugier nicht zurückhalten – wie immer. Und wen sah ich im Garten unserer Schule? Meinen lieben Papa. Er war eigentlich ganz normal angezogen und sah auch ganz normal aus. Aber dann verstand ich plötzlich, warum die Kinder ihn auslachten.

Papa machte gerade Meditationsübungen auf der Wiese. Er stand ganz still, hatte beide Hände ausgestreckt, die Augen geschlossen und die Beine leicht gespreizt. Man sollte bei solchen Übungen fest auf dem Boden stehen – als ob man Wurzeln hätte, die tief in die Erde ragen. Idealerweise sollte man »stehen wie eine Pinie, sitzen wie eine Glocke, laufen wie der Wind, liegen wie ein Bogen«. Das hatte Papa in England von seinem chinesischen Meister gelernt. Und das machte er jetzt auch.

Sofort fiel mir wieder ein, dass Papa mich nach der Arbeit abholen wollte, weil er heute früher Schluss hatte.

Ich raste hinunter, schnappte ihn am Arm und zog ihn zum Auto.

»Hallo, Süße. Sagst du mir nicht einmal Hallo?«, fragte Papa überrascht. »Nicht so schnell! Warum müssen wir uns so beeilen?«

Ich sah immer noch Tobi und die anderen Kinder an dem Fenster stehen und wie sie mit ihren Fingern auf uns zeigten. Ich stieg schnell ins Auto.

»Warum musst du unbedingt vor meiner neuen Schule Taiji machen?«, fragte ich wütend.

»Warum nicht?«, wunderte sich Papa. »Ich mache immer beim Warten Taiji-Übungen, sonst habe ich nicht genug Zeit für Sport. Was ist los?«

Ich kaute an meiner Unterlippe. Was sollte ich Papa sagen? Sollte ich ihm sagen, dass dies der peinlichste Moment meines Lebens war, und zwar seinetwegen?

Ich seufzte: »Nichts, Papa. Du musst mich nicht abholen. Ich kann schon selbst nach Hause laufen.«

»Warum? Ich kann dich doch ab und zu mal abholen.« Papa verstand immer noch nicht.

»Ihr sagt doch immer, dass ich selbstständig werden muss. Warum lasst ihr es mich dann nicht versuchen? Du kannst Ricky vom Kindergarten abholen, wenn du Zeit hast. *Ich laufe selbst nach Hause*«, darauf bestand ich mit Nachdruck. Ich befürchtete, dass Papa sauer auf mich werden würde, aber er sah mir in die Augen, als wollte er in mein Inneres schauen, mit einem Blick, der etwas Besonderes ausdrückte.

Stolz. Wenn ich nicht falsch verstand, war Papa einfach stolz auf mich. Stolz darauf, dass ich selbst nach Hause laufen wollte. Manchmal denke ich, Papa weiß doch nicht alles.

»Du hast recht, meine Große. Vielleicht machen Mama und ich uns zu viele Sorgen um dich. Ich glaube, es ist nur ...« Papa überlegte kurz, wie er es mir erklären sollte, »weil die Veränderung von China nach Deutschland so groß ist. Auch viele Erwachsene haben mit solchen großen Veränderungen Schwierigkeiten und müssen erst lernen, wie man damit umgehen soll. Aber vielleicht gewöhnst du dich viel schneller ein, als wir gedacht haben.« Er nickte und fügte hinzu: »Du kannst natürlich allein nach Hause laufen. Aber wenn du Hilfe brauchst, sag mir bitte Bescheid, O.K.?«

Ich zögerte kurz. Hieß das, dass ich ihm auch von Tobi erzählen sollte?

»O.K.«, antwortete ich und schaute aus dem Fenster. Von Tobi erzählte ich jedoch nichts. Papa schien gerade so stolz auf mich zu sein.

Genau, wie ich es erwartet hatte, kam Tobi am nächsten Tag zu mir. »War der komische Mann dein Papa, Lisa?«

Ich fing an zu glühen. Was gibt dem das Recht, sich über meinen Papa lustig zu machen? Er hat ja noch nicht einmal die kleinste Ahnung davon, was eine Taiji-Übung ist.

»Das war mein Papa, aber er ist nicht komisch! Er…«

Doch bevor mir ein cooler Spruch einfiel, gab Emily schon zurück: »Hast du nichts Besseres zu tun, als Polizist zu spielen, Tobi?« Dabei zog sie mich von ihm weg.

Das war ein Glück, denn ein paar andere Kinder brachen nun in Gelächter aus und ich dachte schon, dass jetzt alle über mich lachen würden. Na gut, Emily, Sarah und Nicole hatten nicht gelacht. Max und viele andere auch nicht. Ich war wütend. Bevor ich von Emily weggezogen wurde, hörte ich noch, wie Max zu Tobi sagte: »Hej, Tobi. Lass Lisa in Ruhe…«

Ich weiß nicht, ob das der Grund war. Aber Tobi ließ mich tatsächlich in Ruhe. Mindestens drei Wochen lang passierte nichts. Ich ritt nach der Schule mit den anderen Mädchen abwechselnd auf Scheddy und hatte die Geschichte mit dem »komischen Mann« fast schon vergessen. In der Theater-AG planten wir ein neues Theaterstück und alle meinten, dass ich Schneewittchen spielen sollte. Dann kam die internationale Woche in meiner Schule und ich musste Mama um Hilfe bitten.

Internationale Woche hieß, jede Klasse hatte ein fremdes Land zu präsentieren und sollte darstellen, wie die Leute in diesem Land leben. Ich hatte gar nicht erwartet, dass es in meiner neuen Schule auch eine internationale Woche geben würde. Das war immer meine Lieblingsprojektwoche in der internationalen Schule gewesen, die ich in Peking besucht hatte. Der Unterschied war aber, dass in meiner ehemaligen Schule die Eltern ihr Heimatland vorstellten, und hier mussten wir Kinder alles vorbereiten.

Als Grit uns gefragt hatte, welches Land unsere Klasse präsentieren wollte, schlug mein Herz plötzlich ganz wild. Ich hatte eine Idee. Doch ehe ich meine Hand hochheben konnte, rief Emily schon laut: »China!« Und alle fanden die Idee gut. »Weil wir jetzt Informationen aus erster Hand über China haben«, wie Grit es ausdrückte und mir dabei einen bedeutungsvollen Blick zuwarf.

Ich sollte mit Emily, Sarah und Nicole zusammen ein großes Plakat gestalten und dazu brauchten wir Mamas Hilfe. Gemeinsam mit Mama wählten wir achtzehn Bilder von Peking aus. Ich durfte die zwölf Tierzeichen, die Lao Ye mit Pinsel gemalt hatte, auf dem Plakat anbringen. Ein paar Scherenschnitte holte Mama noch aus einer hölzernen Kiste heraus – alles Geschenke von einem neunzigjährigen chinesischen Volkskünstler, die sie beim ersten chinesischen Kulturfestival unserer Stadt bekam, weil sie da mitgearbeitet hatte.

Mama zeigte uns noch, wie wir im Internet auf der Wikipedia-Seite Informationen über China finden konnten.

Zum Schluss half Mama uns sogar, eine Dia-Show im Computer zu erstellen – unterlegt mit schöner chinesischer Musik.

»So machen die Studenten an der Uni das auch«, erklärte sie uns. »Und ich besorge euch noch einen Beamer für die Präsentation.« Am Ende hatten wir jede Menge zu erzählen und dabei nur 45 Minuten Zeit. Das war eigentlich viel zu kurz für China.

»Ein Projekt über China?« Papa schaute nach der Arbeit beeindruckt das große Plakat an, das ich mit Mama und meinen neuen Freundinnen gebastelt hatte. Als wir ihm noch die Dia-Show zeigten, war er restlos begeistert und schlug sofort vor: »Ich kann vielleicht eine Taiji-Vorführung in deiner Klasse machen …«

»Ja! Gute Idee«, sagte Mama.

»Nein!«, rief ich entsetzt.

Mama und Papa schauten mich verwirrt an und fragten: »Warum nicht? Es wäre doch ganz toll!«

Sie fanden es natürlich toll – weil sie ja nichts von Tobi wussten!

»Einfach nur so«, antwortete ich schnell, »weil wir das ganze Projekt schon geplant haben.«

Na ja, ich musste eben ein bisschen lügen, damit ich Papa nicht verletzte. Besser so, als zu erzählen, dass die Kinder in meiner Schule ihn komisch fanden. Und ganz falsch war es auch nicht, denn wir hatten noch jede Menge Spiele eingeplant. Zum Beispiel einen Stäbchen-Wettbewerb, den ich mir ausgedacht hatte. Die Kinder sollten mit den Stäbchen so schnell wie möglich 20 gebratene Erdnüsse aus einer Schale herausholen. Wer es zuerst schaffte, bekam einen Preis – einen Glückskeks aus dem Asienladen.

Der Höhepunkt der Projektwoche war das Abschlussfest. Die ganze Schule machte mit und auch die Eltern. Jede Klasse stellte ein Land dar, das von den Schülern der Klasse präsentiert wurde. Stell dir mal vor, man konnte zum Beispiel in ein paar Sekunden von Australien (Klasse 4a) zu Italien (Klasse 4b) hinüberspazieren! Und zwar ohne Pass und Visum und solchen Erwachsenenkram!

Bei mir, in der Klasse 2b, feierten wir das chinesische Neujahrsfest, auch Frühlingsfest genannt, den wichtigsten chinesischen Feiertag. Er leitet nach dem chinesischen Mondkalender das neue Jahr ein, so wie Silvester in Deutschland. Fast alle Chinesen haben da normalerweise zwei Wochen frei.

Wir hatten das Klassenzimmer mit roten Laternen und meinem roten Libellendrachen geschmückt. Der war größer als alle Schüler aus meiner Klasse.

Mama war von uns eingeladen worden, um eine alte chinesische Legende vom Frühlingsfest zu erzählen. Sie saß in einem breiten Sessel in der Kuschelecke und alle Besucher in »China« saßen um sie herum.

»Es war einmal ein Menschen fressendes Monster, das ›Nian‹, also ›Jahresmonster‹ hieß. Jedes Jahr, wenn es aus seinem Tiefschlaf erwachte, stieg es von den hohen Bergen herunter und kam ins Tal, um seinen Hunger zu stillen. Keiner konnte das Monster stoppen. Selbst der stärkste Held Chinas wurde von Nian aufgefressen. Der Kaiser machte sich große Sorgen. Doch eines Nachts träumte er von einem kleinen Kind auf einer weißen Lotusblüte. Das Kind bekundete dem Kaiser, dass die Menschen Lärm und Feuer machen sollten und alles rot einfärben müssten. Davor hätte das Jahresmonster Angst. Und nur so könnten sie sich vor ihm schützen.

Das hat dann tatsächlich auch funktioniert. Und deswegen zünden wir bei Frühlingsfesten immer Feuerknaller an – je lauter, desto besser. Die Vertreibung des Monsters wird übrigens ›Guo Nian‹ genannt. Das bedeutet ›Weggehen des Nian‹, des Jahresmonsters, und damit ist auch das Verstreichen des alten Jahres gemeint und das Neujahrsfest selbst…«

Das war vielleicht die hundertste Variante, die ich von Mama kenne, aber ich fand sie trotzdem schön. In der Originalgeschichte war das Kind auf dem Lotus zwar ein alter Mann mit weißem, langem Bart, doch es hätte viel schlimmer kommen können: Als Mama uns letztes Mal die Geschichte erzählt hat, war der alte Mann einfach Ricky, der Scooterman.

Nach der Lesung bot Mama den Kindern selbst gemachte Frühlingsrollen an.

»Eine Flühlingslolle oder zwei?«, fragte Mama Emily.

Hinter Emily warteten mindestens noch zehn weitere Kinder. Als Mama zwei Frühlingsrollen auf Emilys Teller legte, flüsterte ich ihr ins Ohr: »Mama, Frühlingsrolle, nicht Flühlingslolle.«

»Oh.« Mama sah mich völlig verdattert an und ich war etwas verlegen. Ich hätte am liebsten gleich gesagt: »Mama, ich will dir nur helfen«, aber ich hatte einen Kloß im Hals und brachte nichts mehr heraus.

»Wie heißt Frühlingsrolle auf Chinesisch?«, fragte Emily und unterbrach die unangenehme Stille. Emily war immer so neugierig, genau wie ich. Mama sagt, das ist eine gute Eigenschaft. Mama hockte sich nieder und grinste Emily an. »Chūn Juǎn«, sagte sie langsam und deutlich. Danach korrigierte sie Emily noch zweimal. Sie lobte meine Freundin zum Schluss. »Super gemacht! Du hast wirklich Talent dazu, Chinesisch zu lernen.«

Ich setzte mich auf eine Bank gegenüber und schaute Mama besorgt an. War sie sauer?

Mama fragte das nächste Kind: »Möchtest du auch eine Frühlings-r-o-l-l-e?« Beim Aussprechen des letzten Wortes war Mama vorsichtig und konzentriert. Als sich unsere Blicke wieder trafen, machte sie gleich ein lustiges Gesicht – so wie eine ungeschickte Kellnerin, die gerade fünf Teller auf den Boden fallen gelassen hatte. Ich musste lächeln. Mama legte ihren Kopf schief und schaute mich fragend an. Ich zeigte Mama meine rechte Hand mit Daumen nach oben. Wir beide grinsten breit.

Nachdem die Frühlingsrollen ausgeteilt waren, setzte sich Emily neben mich und sagte: »Deine Mama ist echt lustig. Hat sie so viele Frühlingsrollen selbst gemacht?«

»Ich habe ihr auch geholfen«, sagte ich stolz. »Wir haben zusammen hundert Frühlingsrollen geformt.«

Was ich nicht gesagt habe, war, dass Mama mindestens 99-mal Frühlingsrolle auf dem Fest richtig gesagt hat.

Dann passierte es: Frau Richter, die Direktorin, verkündete über das Mikrofon, dass es zum Schluss noch einen besonderen Auftritt geben würde – eine Taiji-Vorführung.

Eine Taiji-Vorführung? Ich schaute misstrauisch auf die Plattform, die ein paar Eltern gestern Abend aufgebaut hatten. Papa stand tatsächlich schon auf der Bühne mit seiner roten Kung-Fu-Kleidung aus Seide. Er stand genauso still wie an dem Tag, als er vor meiner Schule auf mich gewartet hatte. Oh Mann! Ich machte schnell meine Augen zu: Das würde mein Ende bedeuten!

Ich wartete lange auf das Kichern und Lachen, aber es kam nichts. Stattdessen hörte ich ein schönes, beruhigendes chinesisches Flötenstück. Langsam machte ich meine Augen wieder auf. Niemand lachte, niemand zeigte mit den Fingern auf die Bühne, niemand sagte irgendetwas. Alle schauten sie konzentriert meinem Papa zu, wie er langsam eine Taiji-Form ausführte.

Bis zum Ende der Vorführung war nicht mal ein Räuspern zu hören. Dann kam der große Applaus. Ich verstand immer noch nicht, was gerade passierte.

Papa gab gleich noch eine Zugabe. Seine Hände hielt er dabei in Form eines Schlangenkopfs und seine Armbewegungen waren blitzschnell – so, wie eine angreifende Kobra. Obwohl ich schon viele Male bei Papas Übungen zugesehen hatte, musste selbst ich beim Zuschauen den Atem anhalten. Papa bekam natürlich zum Schluss wieder einen riesengroßen Applaus. Seine Schlangenform war der absolute Höhepunkt des Festes! Als ich stolz in die Runde blickte, entdeckte ich Tobi, der gerade begeistert klatschte. Nach Papas Auftritt bekam Mama noch einen großen Blumenstrauß überreicht, weil sie bei der Projektwoche nicht nur viel mitgeholfen hatte, sondern, wie Frau Richter meinte, auch alle anderen »inspiriert« habe.

Mama zwinkerte mir von der Bühne aus zu und machte dann heimlich mit zwei Fingern ein »V«. Das Victory-Zeichen. Ein Zeichen für Sieg.

Als ich am nächsten Tag in der Pause Scheddy fütterte, stand plötzlich Tobi neben mir. Das war echt seltsam, da die Jungen selten zu Scheddy kamen und Tobi schon gar nicht.

»Lisa, kannst du auch die Schlangenform wie dein Papa?«, fragte er mich. Ich schaute mich um: Emily, Sarah, Nicole und Max waren dummerweise alle nicht da. Ich überlegte, ob ich die Wahrheit sagen sollte. Man konnte schließlich nie wissen, was Tobi im Schilde führte. Ich hatte die Form noch nie gemacht, aber es wäre nicht schlecht, wenn Tobi denken würde, dass ich sie konnte.

»Vielleicht …«, sagte ich. Aber Tobi war schon bei der zweiten Frage: »Du hast deinem Papa doch nicht etwa gesagt, dass … dass ich … ihn als komisch bezeichnet habe, oder?«

Tobi senkte den Blick und scharrte mit den Füßen. Ich verstand nicht, worauf er hinauswollte.

»Vielleicht … Warum?« Ich schaute ihn herausfordernd an.

»Na ja, vielleicht … vielleicht kann dein Papa mir etwas beibringen? Also die Schlangenform oder so?«

Aha! Tobi möchte von meinem Papa Kung-Fu lernen!

»Also, du willst auch so komisch zehn Minuten still dastehen?«

»Na ja, vielleicht nur die Schlangenform … Ich wusste nicht, dass es Kung-Fu war …«

Ich konnte es nicht glauben.

»O.K., ich kann meinen Papa mal fragen«, sagte ich zum Schluss. »Übrigens, was mein Papa vorher mit geschlossenen Augen vorgeführt hat, das war Taiji. Nicht irgendwelches Kung-Fu.«

Als Emily wieder einmal bei uns zu Hause war und wir beide auf meiner Hängematte lagen, zeigte ich ihr zum ersten Mal das Jahrbuch meiner ehemaligen Schule. Ich erzählte ihr – Seite für Seite – von früher, von Ms Welsen und Sophie …

»Es ist bestimmt eine ganz tolle Schule«, meinte sie. »Bist du traurig, dass du weggehen musstest?«

»Nein, nur manchmal … ein bisschen,« antwortete ich und klappte das Jahrbuch zu.

Kurz darauf kam Emily jeden Samstag mit mir in Mamas Chinesisch-Schule. Und Tobi war auch ein paarmal bei uns zu Hause, um die Schlangenform zu lernen. Er musste natürlich erst wissen, wie man wie eine Pinie stehen kann. Und so stand er also auf der Wiese – mit geschlossenen Augen. Niemand hätte vorher gedacht, dass Tobi so lange still stehen konnte.

»Das war Taiji«, erzählte Tobi immer ganz stolz den anderen Jungen. »Nicht irgendwelches Kung-Fu.«

爸爸妈妈说不的时候

Wenn Mama und Papa »Nein« sagen …

Im Juni kommt das kaiserliche Edikt

Meine ersten Erinnerungen aus der Grundschulzeit stecken irgendwo in meinem Kopf. Sie liegen jetzt fast vier Jahre zurück und oft weiß ich gar nicht, dass sie da sind. Aber dann kann es passieren, dass sie plötzlich aus dem Inneren herausspringen. So, wie an dem Abend kurz vor Weihnachten, an dem ich mich entschlossen habe, in den nächsten Sommerferien allein nach Peking zu fliegen.

Als Max nach den Weihnachtsferien wieder von seiner Reise nach Peking zurückgekehrt war, erzählte er nicht viel darüber. Aber ich und meine Eltern haben noch oft über meine geplante Chinareise gesprochen. Ich verstehe nicht, warum sie sich so viele Sorgen machen. Ich bin doch bald zehn und schon mehrmals mit ihnen nach China geflogen.

Meine Eltern sagen, dass man viel Zeit für die Vorbereitung einer solchen Reise benötigen würde. Aber dafür brauche ich doch nur die Tickets für den Hin- und Rückflug. Vor ein paar Tagen meinten sie plötzlich, dass wir es jetzt noch nicht entscheiden sollen. Wann denn sonst, es ist schon Juni!

Alles Ausreden! Wenn ich Papas und Mamas Entscheidung abwarte, kann ich meine Chinareise bestimmt vergessen.

Ich fühle mich absolut miserabel. Bloß, was kann ich tun? Vielleicht kann ich mit meinem neuen Computer, den ich als Weihnachtsgeschenk bekommen habe, ein Protestschreiben schreiben? Das kann ich am Kühlschrank befestigen und darauf male ich noch ein weinendes Mädchen (das soll natürlich ich sein). Mama hat auch einmal ein Protestschreiben an meine Tür geklebt, als ich mein Zimmer eine Woche lang nicht aufgeräumt hatte. Da eine traurige Mutti daraufgemalt war, hat es mir sehr leidgetan. Ich habe sofort mein Zimmer aufgeräumt.

Mama ist gerade zum Bäcker gegangen und Ricky spielt mit Sandy im Garten. Perfektes Timing für das Protestschreiben. Aber als ich meinen Computer anschalte, höre ich hinter mir eine Stimme.

»Kann mich jemand ablecken?«

Was? Ablecken? Ich drehe mich um. Vor meiner Zimmertür steht ein kleiner hilfloser Junge – ein geschmolzenes Eis in seiner Hand, und Gesicht, Hände und T-Shirt vollgekleckert mit Schokoladeneis.

»Oh, Ricky, hast du dir wieder selbst vom Kühlschrank ein Eis geholt? Mama wird bestimmt mit dir schimpfen.«

Na ja, die Wahrheit ist, dass Mama auch mit mir schimpfen wird, weil ich nicht richtig auf Ricky aufgepasst habe.

Ich nehme ihn vorsichtig am Handgelenk und führe ihn ins Badezimmer. Während ich seine Hände und sein Gesicht wasche, fragt er: «Was machst du, Lisa? Warum spielst du nicht mit mir im Garten?«

Ich gebe ihm ein Handtuch und sage ärgerlich: »Ich will nach China fliegen und Mama erlaubt es mir nicht.«

»Warum nicht?«

»Ich weiß es nicht. Jetzt zieh ein neues T-Shirt an.«

»Weißt du was, Lisa?«, sagt Ricky absolut ernst, als er versucht, mit seinem Kopf durch das Armloch zu schlüpfen: »Wenn Mama zurückkommt, sage ich ihr, sie soll dich nach China fliegen lassen.«

Sehr witzig! Als ob Mama dann davon überzeugt wäre.

»Ja, ja! Mama macht natürlich, was du ihr sagst …«, fange ich an zu spötteln. Aber plötzlich habe ich eine geniale Idee: Ich kann doch Lao Lao und Lao Ye direkt fragen, ob ich zu ihnen kommen kann!

Der Grund liegt klar auf der Hand: Mama macht fast immer, was Lao Lao sagt. Das habe ich schon lange kapiert. Zum Beispiel esse ich gerne zum Frühstück ein Spiegelei, aber dann waren Lao Lao und Lao Ye bei uns zu Besuch und Lao Lao hat gesagt, dass gekochtes Ei viel gesünder ist.

Die Konsequenz: Wir essen seitdem zum Frühstück immer gekochte Eier!

»Danke, lieber Ricky! Du bist wirklich super!« Ich gebe Ricky einen dicken Kuss auf die Stirn, und bevor er noch etwas sagen kann, schicke ich ihn wieder in den Garten.

Wie konnte es nur passieren, dass ich erst so spät daran gedacht habe? Jeder kennt doch diesen tollen Spruch, der manchmal auf Kinder-T-Shirts steht: »Wenn Mama und Papa ›Nein‹ sagen, frag' ich Oma und Opa!«

Also, gleich an die Arbeit: Ich finde Lao Yes E-Mail-Adresse und schreibe sofort eine E-Mail nach Peking. Mama hat mir gezeigt, wie man Chinesisch im Computer eingibt. Man tippt die Buchstaben entsprechend der Aussprache ein, während die dazugehörigen Schriftzeichen angezeigt werden. Dann muss man nur noch das richtige Schriftzeichen auswählen. Oft werden verschiedene chinesische Schriftzeichen nämlich gleich ausgesprochen, haben aber eine andere Bedeutung.

Ich ärgere mich ein bisschen darüber, dass ich nicht an dem Tastaturtraining in der Schule teilgenommen habe. Mit zwei Zeigefingern tippe ich hastig:

发信人: Lisa@coolmail.de
收信人: gong.wang@yahee.com.cn
亲爱的姥姥, 姥爷
我想暑假到北京去看你们, 因为我实在太想你们了。

你们能不能让妈妈赶快给我买去北京的飞鸡票？
另外，我都快不会中文了。☹
想念你们的，Lisa

Und wenn ich nicht ganz falschliege, soll das heißen:

Von: Lisa@coolmail.de
An: gong.wang@yahee.com.cn
Betreff: Ich will nach Peking fliegen
Lieber Lao Ye und liebe Lao Lao,
ich möchte Euch in den Sommerferien in Peking besuchen. Ich vermisse Euch so sehr! Könnt Ihr bitte Mama sagen, dass sie mir sofort die Flugtickets kaufen soll? Danke!
Übrigens, ich kann fast kein Chinesisch mehr!! ☹
Liebe Grüße aus Deutschland,
Eure Lisa

Das mit dem Chinesisch habe ich ein bisschen übertrieben, aber zusammen mit dem traurigen Gesicht wird es Lao Lao und Lao Ye bestimmt überzeugen. Als Mama an meine Tür klopft, schaffe ich es gerade noch, auf »Senden« zu klicken. Das war knapp!!

Am nächsten Tag liegt tatsächlich schon eine Mail aus China in meinem Posteingang:

发信人: gong.wang@yahee.com.cn
收信人: Lisa@coolmail.de

Lisa,
谢谢你的邮件！我们也很想你，欢迎你来北京做客。
你让爸爸妈妈看一下这封邮件，他们就会同意你来的。
问候全家，
姥姥，姥爷

Auf Deutsch bedeutet das:

Von: gong.wang@yahee.com.cn
An: Lisa@coolmail.de
Betreff: Du bist willkommen in Peking
Liebe Lisa,
danke für Deine Mail! Du bist herzlich willkommen bei uns in Peking. Wir vermissen dich auch sehr. Zeige deiner Mama und deinem Papa unsere E-Mail und sie werden bestimmt deiner Reise zustimmen.
Liebe Grüße an alle,
Deine Lao Lao und Dein Lao Ye

Haha, das »kaiserliche Edikt« ist gekommen! Nachdem ich es Mama gezeigt habe, hat sie fast eine Stunde lang mit Lao Ye in Peking telefoniert. Die Diskussion, ob ich allein nach China fliegen kann oder nicht, war danach beendet.

Ich darf!

Ich dachte zuerst, dass Mama sauer sein würde wegen meiner E-Mail. Stattdessen hat sie nur gestaunt, dass ich schon so viel auf Chinesisch schreiben konnte. Und wie sie lachen musste, als sie las, dass ich »fliegendes Huhn Ticket« anstelle von »Flugticket« eingetippt hatte. Aber was kann ich dafür? Man spricht beide Wörter auf Chinesisch gleich aus.

Am nächsten Tag habe ich natürlich die halbe Schule darüber informiert, dass ich bald nach Peking reisen werde.

»Geil!«, ruft Emily mit leuchtenden Augen und möchte am liebsten gleich mitkommen.

Als ich Max in der Pause sehe, sitzt er gerade allein auf einer Bank im Schulhof. Ich erzähle auch ihm von meinem Reiseplan. Doch Max schaut mich nur komisch an. »Warum willst du allein nach Peking fliegen?«, fragt er.

»Na ja, ich will meine Großeltern besuchen. So wie du. Du hast doch auch ganz allein deinen Papa in Peking besucht.«

»Lisa, manchmal kapierst du echt gar nichts. Kannst du mir bitte mal sagen, warum es immer nur um dich geht?« Er blickt mich wütend an.

Ich starre ihn an und stutze. Was ist das für eine Frage? Seit wann ist es so schwierig geworden, mit Max zu reden? Der kleine Junge, der ständig Unsinn im Kopf hatte und Papas Hemden auf den Boden geschmissen hat, gefiel mir irgendwie doch besser.

»Was meinst du damit? Du bist doch alleine geflogen, oder etwa nicht?«

Max sagt trocken: »Ich bin allein nach Peking geflogen –

weil sich meine Eltern getrennt haben. Aber warum willst du freiwillig allein fliegen?«

»Oh, ich …« Jetzt fällt mir nichts mehr ein. Wie dumm! Ich hätte mir denken können, dass irgendwas mit Max' Eltern passiert ist. Als Tante Peggy vor Weihnachten mit Max den großen Weihnachtsbaum ins Haus getragen hat, hat sie noch zu Mama gesagt: »Vorher hat das immer Jörg gemacht, aber eine Frau kann es auch alleine schaffen. Glaub' mir.« Ihr Ton und Max' gesenkter Blick waren jedoch ziemlich seltsam.

Ich beiße nervös auf meiner Unterlippe herum. Nach ein paar Sekunden schaffe ich es schließlich zu antworten: »Das tut mir sehr leid, Max. Bist du O.K.?«

»Na klar.« Max lächelt plötzlich bitter. »Das ist doch ganz normal, wenn man lange in zwei weit entfernten Städten arbeiten muss. Eine gute Arbeit ist eben sehr wichtig.«

Max klingt jetzt selbst wie ein Erwachsener. Oder klingt es eher so, als ob er nachspricht, was andere ihm erzählt haben?

»Du hast Glück, dass deine Mama nach Deutschland mitgekommen ist«, fährt Max fort.

Bevor mir noch was einfällt, steht er schon auf.

»Viel Spaß in Peking, Lisa«, sagt er, ohne mich noch mal anzuschauen. »Tschüss!«

»Tschüss …«, echoe ich. Max ist jedoch schon am Weggehen, die Hände tief in den Hosentaschen vergraben.

Verflixt! In meinem Kopf dreht sich plötzlich alles. Wahrscheinlich habe ich wirklich Glück gehabt, dass Mama ihren Job in Peking aufgegeben hat, um mit uns nach Deutschland zu gehen. Seitdem Ricky in den Kindergarten geht, studiert Mama wieder an der Uni. Aber ich weiß, dass ihr die Arbeit in China sehr gefallen hat und sie hier in Deutschland wohl auch gern wieder arbeiten würde.

Seltsam, warum habe ich darüber bisher nie nachgedacht? Denke ich wirklich nur an mich selbst, wie Max sagt? Mir wird kalt und warm. Vielleicht ist das eine dunkle Seite von mir? Von meinem Tierzeichen Tiger? Ich bin nämlich im Jahr des Tigers geboren.

Als ich nach der Schule nach Hause laufe, bin ich noch langsamer als sonst. Während ich einen Kiefernzapfen vor mir herkicke, überlege ich, ob Mama tatsächlich glücklich darüber ist, dass sie jetzt wieder studiert. Ich bin mir da nicht sicher. Letzte Woche hat sie einen Vortrag über chinesische Musik gehalten und danach sehr zufrieden gestrahlt. Aber an einem anderen Tag hat sie beim Abendessen auch geschimpft: »Wie können die deutschen Studenten so respektlos zu dem armen alten Professor sein?! Sie quatschen nicht nur laut in der Vorlesung, sondern essen auch Äpfel und Joghurt! Und als ich mal unter die Stühle schaute, saß unter dem Stuhl neben mir noch ein riesiger Hund! So etwas war in meiner Uni in Peking überhaupt nicht vorstellbar!«

Dass es Leute gibt, die immer sagen, dass alles in ihrer

Heimat besser ist als in anderen Ländern, das weiß ich längst. Mama sagt, solche Leute wollen gute Seiten im Ausland gar nicht sehen, weil sie sonst im Ausland glücklich sein würden. Also, meine Mama ist natürlich nicht so ein Typ. In diesem Fall musste ich ihr auch recht geben: »Wir dürfen in der Schule beim Unterricht auch nicht quatschen!«

Mama deutete mit dem Kochlöffel auf Papa und fragte ihn provozierend: »Hast du als Student auch in den Vorlesungen gequatscht?«, als wäre er derjenige, der in der Vorlesung gestört hätte.

»Ich? Warum denn ausgerechnet *ich*?«, fragte Papa verwundert.

»Hast du oder hast du nicht?« Mama hielt den Kochlöffel immer noch auf Papa gerichtet.

»Natürlich nicht! Es quatscht doch nicht jeder in der Vorlesung«, verneinte Papa unschuldig.

»Vielleicht bin ich einfach zu alt für die Uni…«, murmelte Mama zum Schluss.

Als ich nach Hause komme, finde ich Mama im Garten bei den Bambussen. Redet sie wieder mit den Bambussen? Ich weiß nicht, ob das auch so ein chinesischer Trick ist, aber Mama meint immer, dass die Bambusse dann besser wachsen. Ich umarme sie ganz fest.

»Ich habe wirklich Glück, Mama«, beginne ich.

»Das stimmt«, antwortet Mama und schwingt wie ein

Zauberer plötzlich ein Flugticket vor meiner Nase hin und her.

»Mein Flugticket nach Peking!« Mein Herz schlägt sofort wie wild.

Als ich ihr das Ticket entreißen möchte, hält Mama es hoch in die Luft.

»Du musst mir zuerst versprechen, dass du nach vier Wochen wieder nach Hause kommst«, sagt sie halb ernst, halb spaßig.

»Ach, Mama!«, ich lache vor Freude und versuche, das Ticket mit Hochsprungkünsten zu erreichen.

»Versprochen?« Mama lässt nicht locker.

»Aber natürlich, Mama!«

»Das Ticket ist aber auch unser Geburtstagsgeschenk für dich.« Mama lacht jetzt und gibt es mir endlich in die Hand.

»Da du an deinem Geburtstag in Peking sein wirst, darfst du schon jetzt deine Geschenke haben. Und eine Geburtstagsparty…«

»…gibt es dann nicht, weil Geburtstag in China traditionell nicht gefeiert wird«, bringe ich Mamas Satz schnell zu Ende. Das war auch ein Grund gewesen, warum ich lieber nicht allein nach Peking fliegen sollte. In China feiert man nur dann richtig Geburtstag, wenn man 50, 60, 70 oder so weiter geworden ist. Mama erklärt noch: »Heutzutage feiern viele junge Chinesen zwar Geburtstag, aber Lao Lao und Lao Ye sind eben nicht mehr so jung. Sie haben noch nie eine Geburtstagsparty für mich organisiert, aber das heißt nicht, dass sie mich nicht lieben …«

O.K., einmal Geburtstag ohne Party … kein Problem, wenn ich dafür nach Peking fliegen darf.

Das Flugticket besteht aus mehreren Seiten. Mein Blick bleibt auf der ersten Seite hängen. In einem der etlichen kleinen Kästchen steht unter »Name of Passenger« mein Name – Lisa Wang. Daneben die Flugroute: von Frankfurt/Main nach Peking. Mein Herz hämmert wie die große Trommel einer Blaskapelle. Ich schaue auf das Abflugdatum: 24. Juli. Der erste Sonntag in den Sommerferien. Das alles ist echt, kein Traum: In etwa fünf Wochen fliege ich nach Peking! Jetzt bin ich wirklich glücklich und stolz.

Bevor die Reise losgehen kann, müssen wir noch viel erledigen, meint Mama. Sie schreibt gleich mit mir zusammen eine To-do-Liste:

- Einreisevisum für China beantragen
- Impfungen auffrischen
- Koffer kaufen
- Kinderbetreuung durch Fluggesellschaft organisieren
- Geschenke kaufen
- Einpacken …

»Muss ich unbedingt noch Impfungen bekommen?« Ich beiße nervös auf meine Unterlippe. Auch eine Tigerin hat ihre Schwächen. Ich habe große Angst vor Spritzen! Mama sagt: »Na klar, musst du.« Ich schlucke.

»Wie bekomme ich ein Visum für China?«, frage ich weiter.

Mama überlegt kurz und sagt: »Wir können das über ein Reisebüro machen lassen oder fahren selbst nach Berlin zur Chinesischen Botschaft.«

»Nach Berlin fahren! Da können wir Knut sehen!«, falle ich Mama ins Wort.

»Schon gut, schon gut …«, sagt Mama. Und da wir schon lange nicht mehr dort waren, willigt sie ein, dass wir gleich am Wochenende in die Hauptstadt fahren.

»Das mit der Impfung …«, beginne ich noch mal nach einer Weile. Aber Mama legt den Stift auf den Tisch und lässt nicht mit sich handeln: »Keine Impfungen, keine Chinareise. Du darfst auswählen.«

»Na gut, Impfungen«, murmle ich widerwillig. Mama vereinbart gleich einen Termin mit Doktor Müller.

Als Mama die Liste am Kühlschrank befestigt, umarme ich sie von hinten und flöte: »Oh, Mama, du bist echt die beste Mama der Welt. Und ich vermisse dich jetzt schon.«

»Ich dich auch.« Mama nimmt mich lange in die Arme und erwidert: »Weißt du, warum ich nicht dafür war, dass du nach China fliegst?«

»Weil ich erst neun bin?«

»Nicht nur das.« Mama schaut mir in die Augen. »Die Chinesen sagen, Freud und Leid, Wiedervereinigung und

Trennung wechseln sich ab. Man freut sich auf das Wiedersehen, aber das Verabschieden gehört immer dazu. Ich hoffe nur, dass du nicht mit verweinten Augen von Peking zurückkommst.«

»Auf keinen Fall!«, protestiere ich. »Ich weine doch nicht. Na ja, nur ganz selten.«

Mama lacht.

»Komm gut wieder zurück, versprochen?«, sagt Mama jetzt.

Oh, nein! Es sieht so aus, als ob Mama gleich sentimental wird.

»Versprochen, Mama! Ich gehe jetzt zu Emily.«

Ich schnappe schnell das Ticket und bin schon unterwegs zu Emily. Ich muss ihr unbedingt zeigen, wie beeindruckend mein Flugticket aussieht!

礼轻情意重

俗语

»Auch kleine Geschenke kommen von Herzen.«

Chinesisches Sprichwort

Eine gute Vorbereitung

Am Wochenende fahren wir alle zusammen nach Berlin. Jedes Mal, wenn wir Autobahn fahren, ist Mama furchtbar aufgeregt. Und diesmal ist es nicht anders. Sie blickt durchs Fenster und sagt immer wieder – begleitet von vielen Ohs und Ahs: »Oh, so viele Bäume! Und die Felder und Seen! Schau mal, Kühe! Schafe! Pferde! …«

Was sollen wir mit ihr machen? Die Leute, die in einer Stadt wie Peking aufgewachsen sind, sind eben so. Selbst ein normaler Himmel begeistert sie: »So einen blauen Himmel sehen wir in Peking fast nie. So klar ist die Luft dort ganz selten. Und der Horizont ist immer von hohen Häusern beschnitten. Wie wunderschön ist Deutschland!«

Dann seufzt Mama ganz tief, weil ich und Ricky uns weiter auf unseren Disneyland-Film konzentrieren. Wir dürfen zu Hause nicht so lang fernsehen wie im Auto, wenn wir wie jetzt große Strecken fahren. Und meistens dürfen wir auch nur Sendungen sehen wie »Sesamstraße«, »Wissen macht Ah!« oder »Logo!«.

Die Chinesische Botschaft in Berlin liegt am Ufer der Spree. Dort überprüfen die Beamten alle Dokumente, die Mama vorbereitet hat. Zehn Minuten später sind wir schon fertig. Das Visum wird in ein paar Tagen zu uns gesendet. Hurra, jetzt können wir zu Knut fahren!

Am Ausgang treffen wir Ricky und Papa wieder. Ricky spricht gerade mit ein paar jungen chinesischen Studenten. Sie sind bestimmt noch neu hier, da sie sich freuen, dass sie mit einem kleinen Kind ein bisschen Deutsch üben können. Einer sagt zu seinen Freunden auf Chinesisch: »Seid jetzt alle ganz ruhig! Lasst mich ihn was fragen.« Er geht in die Hocke und spricht Ricky langsam auf Deutsch an: »Wie heißt du?«

Ricky freut sich über die Neugierde und antwortet sofort: »Ricky.«

Der Student ist begeistert, dass Ricky seine Frage verstanden hat, und fragt aufgeregt weiter: »Wie alt bist du, Licky?«

Da antwortet Ricky wieder sehr schnell: »Ich heiße Ricky, nicht Licky. Meine Schwester, die heißt Lisa. Und sie ist schon sehr groß. Sie wird allein nach Peking fliegen. Wenn ich so groß bin, fliege ich auch allein nach China. Und wir gehen heute zu Knut, dem kleinen Eisbären. Und dann essen wir Donuts mit Schokoladenüberzug …« Der

Student hat offensichtlich nicht mit so einer langen Antwort gerechnet. Er hebt erstaunt die Augenbrauen hoch und hört konzentriert zu. Ricky möchte sich noch weiter mit den Studenten unterhalten, aber Mama sagt jetzt, wir müssten uns beeilen – weil Knuts Show bereits angefangen habe. Und die möchte Ricky auf keinen Fall verpassen.

Als wir zum Ausgang laufen, höre ich hinter uns noch, wie der eine Student die anderen auf Chinesisch fragt: »Hat Licky gesagt, wie alt er ist? Habt ihr es verstanden?«

Mama grinst mich an und ich grinse zurück. Die richtige Aussprache des deutschen »R« ist eben nicht leicht für Chinesen.

Mit der U-Bahn haben wir schnell unser Ziel erreicht. Aber als wir aus der U-Bahn aussteigen, stehen schon viele Leute in einer Schlange vor dem Zoo. Die Schlange ist so lang, dass wir den Eingang des Tierparks gar nicht sehen können. Wie alle anderen, die gerade aus der U-Bahn herauskommen, stellen wir uns brav am Ende der Schlange an.

Nach fünf Minuten wird Ricky unruhig und jammert nach Süßigkeiten. Papa geht daraufhin kurz weg und kommt mit zehn Donuts mit Schokoladenüberzug zurück. Zehn Donuts? Ich weiß, was das bedeutet – das Warten wird sehr lange dauern.

Mama schaut Papa und die Donuts skeptisch an.

»Sollen wir hier einfach weiter warten?«, fragt sie. Die Schlange hat sich kaum vorwärtsbewegt.

»Was sonst?« Papa gibt Ricky und mir je einen Donut. »Selbst wenn wir Knut heute nicht sehen können, sollt ihr nicht weinen. Zumindest haben wir leckere Donuts gegessen ...«

Mama verdreht die Augen. »Aber wir sind extra so weit gefahren wegen Knut. Es wäre doch sehr ärgerlich, wenn die Kinder nicht mal einen Blick von ihm erhaschen könnten, oder?«

»Ich dachte, wir sind hierhergefahren wegen Lisas Visum«, murmelt Papa mit einem Donut im Mund. Aber da hört Mama schon nicht mehr zu. Mama ist manchmal genauso starrköpfig wie ich. Oder besser gesagt, ich bin genauso dickköpfig wie Mama. Wenn sie sich etwas in den Kopf gesetzt hat, dann führt sie das auch zu Ende.

»Ihr wartet hier und ich schaue mal, was da vorne los ist«, sagt sie und damit ist sie auch schon fort.

Als ich bei meinem dritten Donut bin, kommt Mama angerannt.

»Kommt alle schnell mit«, befiehlt sie und nimmt Ricky auf den Arm.

»Wir haben bereits 15 Minuten hier gewartet. Wo gehen wir jetzt hin?«, protestiert Papa. Aber Mama läuft schon an der Schlange vorbei. Wir laufen und laufen und laufen und nach ein paar hundert Metern sehen wir immer noch nicht den Tierparkeingang.

»Mein Gott«, wundert Papa sich jetzt auch, »wie lang ist diese Schlange überhaupt?«

Als wir endlich den Eingang erreichen, weist Mama mit ihrem Zeigefinger auf eine andere Schlange vor der zweiten Kasse. Diese ist viel kürzer als die erste.

»Vor dieser Kasse warten viel weniger Besucher. Die Leute aus der U-Bahn stellen sich immer an die erstbeste Schlange und keiner macht sich die Mühe, am Anfang vorbeizuschauen.«

Mama blickt Papa stolz lächelnd an.

Nach weiteren 15 Minuten Warten haben wir die Eintrittskarten. Als wir zum Gehege von Knut laufen, kann Papa es immer noch kaum glauben. »So viele Leute in einer Schlange habe ich in meinem Leben noch nie gesehen. Wir hätten mindestens fünf Stunden warten müssen …« Er wischt sich den Schweiß von der Stirn. Dann starren wir plötzlich auf eine zweite Schlange.

»Oh, mein Gott!«, sagt Papa mit großen Augen und auch Mama runzelt die Stirn. Diese Schlange ist nicht so lang wie die außerhalb des Tierparks, aber einen zweiten Eingang mit einer kürzeren Schlange gibt es hier sicherlich nicht.

»Hier müssen wir wohl mindestens noch zwei Stunden warten, aber in 20 Minuten ist die Show von Knut vorbei«, sagt Papa enttäuscht und kratzt sich am Kopf.

Ricky versteht noch nicht, was hier los ist, und fragt immer wieder nach Knut.

»Ich schaue nur mal nach vorne«, sagt Mama. Aber bestimmt kann selbst Mama hier nicht mehr tricksen, denke ich traurig.

Kurz darauf ist Mama wieder zurück. Da ihre Augen vor Freude leuchten, keimt bei mir Hoffnung auf und ich frage sie: »Und …?«

»Kommt alle mit!«, kommandiert sie wieder und läuft auch schon los. Wir folgen ihr diesmal ohne zu zögern, selbst als sie uns, statt zu Knut, zu einem Spielplatz führt.

Auf dem Spielplatz befiehlt Mama meinem Papa, Ricky auf seine Schultern zu nehmen und sich dann mit ihm auf eine Bank zu stellen. »Schau mal über die Büsche. Das ist doch Knut, oder?«

Mama hat mich inzwischen auch auf einen großen Felsen gehoben. Tatsächlich, von hier oben sehen wir ihn: Knut, das Eisbärenbaby. Er liegt auf einem Steinhügel – nur wenige Meter von uns entfernt. Zwischen Knuts Gehege und dem Spielplatz ist lediglich eine kleine Gasse. Man sieht ihn daher fast genauso gut, wie wenn man direkt vor dem Gehege stehen würde.

»Hallo, Licky!« Plötzlich hören wir Stimmen hinter uns. Es sind die chinesischen Studenten aus der Botschaft. Einige von ihnen haben Donuts in der Hand.

Mama stammelt vor Überraschung: »Habt ihr ebenfalls die zweite Schlange am Eingang gefunden?«

»Aber natürlich«, lachen die Studenten vergnügt.

Das ist wirklich ein perfekter Tag. Darüber sind wir uns alle auf dem Weg nach Hause einig. Knut sieht genauso süß aus wie im Fernsehen. Ich darf noch drei Postkarten von ihm kaufen. Und die schönste davon nehme ich gleich, um Sophie zu schreiben, dass ich sie in den Ferien in Peking besuchen kommen werde.

Ricky hat nicht nur einen Knut als Kuscheltier bekommen, sondern noch ein paar Donuts von den Studenten. Und Mama findet Knut zwar süß, aber noch eindrucksvoller war für sie, wie diszipliniert sich die meisten Deutschen in der Schlange angestellt haben. »Ihr Deutschen seid viel ausdauernder als wir«, sagt sie nachdenklich. »In China würden sich viel weniger Leute auf so eine lange Wartezeit einlassen.«

»Bei uns fehlt es nur manchmal ein bisschen an Flexibilität. Deswegen brauchen wir eine Chinesin in unserer Familie«, sagt Papa zum Spaß.

Wieder zu Hause angekommen, ist der nächste Punkt auf der To-do-Liste dran: Geschenke kaufen. Ich kann es kaum erwarten. Geschenke kaufen ist fast ein Hobby von mir – ich bin sehr gut darin und finde immer die coolsten Sachen für meine Freunde, wenn sie Geburtstag haben. Oft muss ich auch Mama dabei helfen. Ich freue mich darauf, ein paar schöne Klamotten für Lao Lao, Lao Ye und Mamas jüngere Schwester, Tante Bin, auszuwählen. Für meine Cousine Mi Mi werde ich einfach Süßigkeiten oder cooles Spielzeug kaufen. Aber Mamas Liste ist unendlich.

»Für Lao Lao und Lao Ye musst du eigentlich nicht viel mitbringen. Sie wollen nur, dass du gut ankommst«, sagt Mama. Aber Mamas Tante, ihren Onkel, ihren Cousin, ihre

Cousine und deren Kinder dürfen wir zum Beispiel auch nicht vergessen.

Ich kaufe jedenfalls mit meinem Taschengeld für Mi Mi Gummibärchen und Kinderschokolade.

»Die Wanduhr mit der Meerjungfrau ist so hübsch. Wir könnten sie doch deiner Cousine schenken«, schlage ich vor.

»Auf keinen Fall!« Mama ist entsetzt: »Wenn du einem Chinesen eine Wanduhr schenkst, dann heißt das, dass du ihm wünschst, dass er gleich stirbt.«

Oh, lieber Gott, das will ich natürlich nicht!

»Dann fragen wir sie eben, was sie haben möchte«, schlage ich stattdessen vor. Das haben wir in der Familie oft gemacht.

»So etwas macht man in China nicht mit Freunden oder weitläufigen Verwandten. Kein Chinese sagt jemals direkt, was er von dir gerne haben möchte«, seufzt Mama. Sie sinniert weiter: »Aber Lao Lao und Lao Ye kann ich direkt fragen. Das ist in Ordnung. Und deine Tante Bin auch – sie hat ja schon acht Jahre in Amerika gelebt.«

»Wir könnten den anderen ein bisschen Geld schenken, dann können sie selbst kaufen, was sie haben möchten.« Das haben wir auch ab und zu in Deutschland getan.

»Das kann man in China nur mit Kindern machen. Ansonsten ist das eine Beleidigung.« Mama schüttelt wieder den Kopf. Oje, so kompliziert habe ich mir das mit den Geschenken gar nicht vorgestellt.

Dann wird es noch schlimmer. Als wir aus dem fünften Laden des Einkaufszentrums herauskommen, seufzt Mama verzweifelt: »Hier ist fast alles ›Made in China‹. Was soll ich nur kaufen?«

Ich bin sehr erleichtert, als Mama dann sagt, dass sie die Geschenke für die Erwachsenen später besorgen wird. Ich glaube, ihre Füße tun genauso weh wie meine.

»Warum suchst du nicht mal im Internet? Da findest du bestimmt etwas Schönes«, tröste ich Mama auf dem Weg nach Hause. Ich habe zum Beispiel eine wunderschöne Freundschaftskette im Internet gefunden, für Emily zu ihrem Geburtstag, und ein Poster von Max' Lieblingsfußballer – sogar mit Autogramm. Wie sie sich darüber gefreut haben!

Mamas Augen leuchten wieder: »Gute Idee – warum habe ich nicht selbst daran gedacht.«

Eine Woche später kommt Post von der Chinesischen Botschaft. Mein Visum ist da! Seitdem denke ich jeden Tag an meine Abreise – wenn ich auch nicht darüber rede. Die Zeit vergeht so langsam, dass ich manchmal das Gefühl habe, der Tag meiner Abreise würde nie kommen. Aber dann, plötzlich, ist er da!

蓝蓝的天空
银河里
有只小白船

儿童歌曲

Silberfluss am blauen Himmel,
kleines Boot mit weißem Segel …

Chinesisches Kinderlied

Der Flug nach Peking

Während der Autobahnfahrt zum Frankfurter Flughafen sagt Mama, dass ich mich noch ein bisschen erholen soll, da der Flug nach Peking über neun Stunden dauert. Aber wer kann bei solch einer Aufregung einschlafen? Ich kann es auf jeden Fall nicht. Ganz ehrlich gesagt, ein bisschen Angst habe ich jetzt auch. Ich meine, was ist denn zum Beispiel, wenn das Flugzeug abstürzt?!

Papa sagt, ich soll mir da keine Gedanken machen, denn Unfälle passieren beim Fliegen seltener als beim Autofahren. Wie gesagt, mein Papa weiß fast alles und muss wohl solche Sachen auch wissen.

Aber kann Nervosität auch anstecken? Beim Kinder-Check-in schauen wir amüsiert zu, wie Mama ein kleines Formular ausfüllt. Kann es sein, dass Mama jetzt auch in Panik gerät? Nachdem sie dreimal meinen Namen falsch geschrieben hat, schiebt sie das Formular zu Papa und stammelt: »Adresse? Wo wohnen wir? Schreib du lieber mal …«

Wie Papa und der Flughafenangestellte jetzt laut lachen müssen!

Komischerweise fühle ich mich nun schon viel besser. Ich finde eigentlich, dass Flughäfen der obercoolste Platz auf Erden sind. Der Flughafen in Frankfurt ist im Grunde wie meine internationale Schule, nur viel, viel größer. Überall höre ich Fremdsprachen, auch solche, die ich noch nie gehört habe. Überall sind Leute mit unterschiedlicher Hautfarbe und Kleidung. Eine riesengroße Weltraumstation muss in etwa so aussehen, denke ich.

Als wir das Gepäck abgeben, atmen wir alle erleichtert auf – der Koffer muss nicht aufgemacht werden. Mama hat so viele Sachen hineingestopft, dass sie sich zum Schluss auf den Koffer setzen musste, damit ich den Reißverschluss zumachen konnte. Wenn man ihn jetzt aufmacht, werden bestimmt alle Geschenke rausgeschleudert wie bei einem Vulkanausbruch und es dauert Stunden, wieder alles einzupacken.

Im Kinderwarteraum fällt mir ein weiterer Stein vom Herzen: Es warten noch fünf andere Kinder, die auch allein fliegen sollen. Ein Mädchen sagt mir, dass sie schon zweimal allein nach Barcelona zu ihrer Oma geflogen ist.

Ganz allein bin ich sowieso nicht: Mein Kuscheltiger Lily sitzt die ganze Zeit in meinem Rucksack und wird mich auf meiner Reise nach China begleiten.

Ricky ist von den vielen Spielsachen im Warteraum total begeistert. Also spielen wir mit dem Mädchen zusammen erst eine Runde »Flughafen«. Dann ruft ein netter Herr meinen Namen auf.

»Jetzt geht es los, Lisa!«, sagt er und steckt meinen Pass, mein Ticket und die Bordkarte in eine durchsichtige gelbe Tasche, die ich mir um den Hals hängen soll, damit nichts wegkommt. Der nette Herr heißt Alex und er wird mich zum Flugzeug bringen.

Bis zur Sicherheitskontrolle dürfen mich meine Eltern und Ricky noch begleiten. Ich gebe Ricky einen dicken Kuss. Er ist heute besonders niedlich, obwohl er jetzt wieder schreit, weil er auch nach China fliegen will.

Dann drückt Mama mich so lange und so fest, dass es mir beinah wehtut. Alex hat jetzt bestimmt gemerkt, dass ich zum ersten Mal alleine fliege. Er kreuzt die Arme vor der Brust und schaut uns mit bedeutungsvollem Lächeln an, als ob er sagen wollte: »Wir haben noch viel Zeit.«

Ich flüstere Mama ins Ohr: »Mama, keine Angst. Ich schaffe es schon.« Mama lacht und flüstert auch zurück: »Ich weiß, mein kleiner Tiger! Viel Spaß in Peking und pass gut auf dich, Lao Lao und Lao Ye auf.«

Ich mag es sehr, dass ich auf Lao Lao und Lao Ye aufpassen soll.

Als ich mit Alex durch die Kontrolle laufe, höre ich Rickys Stimme hinter mir: »Mama, geht Lisa jetzt nach China?« Umdrehen mag ich mich nicht mehr. Ich fühle mich ganz stark und kann es kaum erwarten, in das Flugzeug einzusteigen.

Es sind noch keine anderen Passagiere im Flugzeug. Ansonsten sieht es nicht viel anders aus als damals, als ich mit meinen Eltern nach Deutschland geflogen bin. Wenn ich meine Augen schließe, werden die Bilder wieder lebendig: Ich sehe Ricky vor mir, wie er als kleines Baby in einer Wiege an der Wand tief und fest schlief. Wie schön, ein Baby zu sein, dachte ich damals. Es kann einfach schlafen und merkt so gar nichts von dem langen Flug.

Dann schweifen meine Gedanken noch weiter zurück. Unser Haus in Peking war leer. Alles war weggepackt. Auch mein Fahrrad. Mein Bett. Mein Kleiderschrank.

Und dann die Abschiedsparty in meiner Schule: Ich konnte nicht teilnehmen, weil ich Fieber hatte. Sophie brachte mir eine kleine Rose. Jedes Kind, das damals die Schule verlassen hat, bekam so eine Rose. Als ich im Bett lag und meine Rose anschaute, hörte ich Mamas Stimme in der Küche: »Die arme Lisa«, seufzte sie.

»Mach dir nicht so viel Sorgen um sie. Wenn wir in Deutschland sind, wird sie die neue Schule mögen und wieder neue Freunde finden.« Das war Papas Stimme. Mama seufzte wieder tief: »Aber sie ist so empfindlich und so … ein Dickkopf.«

»Na und? Hast du nicht mal gesagt, dass alle in deiner Familie Dickköpfe sind? Du kennst doch deine Tochter – den kleinen tapferen Tiger!«

Ich öffne meine Augen wieder und versuche, nicht länger an so etwas Trauriges zu denken. Papa sagt immer, dass ich die schönen Momente verpasse, wenn ich zu lange über die Vergangenheit grüble.

Die vielen Leute, die jetzt ins Flugzeug einsteigen, bringen mich zurück in die Realität. Eine hübsche chinesische Frau legt ihre schicke Handtasche in das Gepäckfach hoch über meinem Kopf. Auf ihrem weißen Pullover ist ein süßer Panda. Ihre schwarzen glatten Haare sind so lang, dass ich vermute, dass sie sich darauf setzen kann. Als ich neugierig hinschaue, wie sie neben mir Platz nimmt, wird auch sie auf mich aufmerksam, denn sie fragt mich verwundert auf Chinesisch: »Fliegst du alleine, Xiao Meimei?«

Es ist lustig, dass sie mich einfach »kleines Schwesterchen« genannt hat. Ich nicke. »Wie mutig!«, sagt sie wieder auf Chinesisch. Ich traue mich irgendwie noch nicht, mit ihr auf Chinesisch zu reden. Ich lächle höflich zurück und versuche, mich wie ein cooles Mädchen zu verhalten. Das ist ein bisschen schade, weil ich dann gar nicht sehen kann, ob sie jetzt auf ihren Haaren sitzt oder nicht.

Nach dem Abendessen läuft ein Lieblingsfilm von mir: »Spy Kids«. Den habe ich zwar schon mehrmals gesehen, aber noch nie auf Chinesisch. Ohne gefragt zu werden, hilft mir die Frau mit dem Kopfhörer. Als ich leise »Danke!« sage, lächelt sie mir freundlich zu und sagt nur: »Bitte«. Je länger der Film läuft, desto mehr Chinesisch kann ich verstehen.

Irgendwann schalten die Stewardessen die Lichter aus, weil jetzt viele schlafen wollen. Ich weiß nicht genau, wann ich selbst eingeschlafen bin, aber als ich meine Augen wieder aufmache, landen wir schon auf dem Pekinger Flughafen.

Ist das nicht lustig? Oft ist vieles viel einfacher, als man es sich vorher vorgestellt hat. Jetzt denke ich: Was wirklich Angst macht, ist eigentlich nur die Angst selbst. Ich habe gegessen, einen Film angeschaut, geschlafen – und nun bin ich schon da!

Später sagt eine nette Stewardess zu mir: »Als ich nach dir schauen wollte, warst du schon eingeschlafen und die chinesische Frau neben dir hat dich gerade schön zugedeckt.«

Oh, ich habe mich schon gewundert, wer das gemacht hat. Bevor die Frau gegangen ist, hat sie mich nur angelächelt und »Tschüss« gesagt. Jetzt ist sie gar nicht mehr zu sehen. Ich hätte ihr doch Danke sagen sollen.

Am Ausgang sehe ich sofort meinen Lao Ye. Von fern winkt er mir mit seiner Baseballkappe zu, die er immer trägt. Dann sehe ich auch Lao Lao. Mit einem breiten Grinsen steht sie vor mir. Ich werfe mich gleich in ihre Arme. Als ich versuche, Lao Lao und Lao Ye von meiner Reise zu erzählen, rollt plötzlich Chinesisch von meiner Zunge. Am Anfang klingen die Laute noch etwas schwerfällig, aber dann fließen sie wie von selbst, als wäre ich nie weg gewesen.

Danach verabschieden wir uns von der netten Stewardess, die mich bis zum Ausgang begleitet hat. Auf dem kurzen Weg zum Taxi wird mir plötzlich bewusst, dass ich es wirklich allein nach Peking geschafft habe: Es wimmelt nur so von Menschen, chinesischen Schriftzeichen, von Bussen und Autos. Und überall ist es laut. Ich schwitze auch schon – nicht weil ich nervös bin, sondern weil draußen bestimmt über 38 Grad sind – wie in einer Sauna!

Als das Taxi über den nördlichen Stadtring fährt, kommen wir an dem Viertel vorbei, in dem wir früher gewohnt haben. Ich kann unser ehemaliges Haus aber von hier aus nicht sehen. Auch nicht Sophies Haus, das nicht weit von unserem entfernt lag. Von meinem Fenster aus habe ich nachts mit einer Taschenlampe Signale in Sophies Zimmer gesendet. Zweimal lang, einmal kurz. Wenn Sophie es sah, signalisierte sie genauso zurück.

Nach etwa eineinhalb Stunden biegt unser Auto langsam in das große Tor ein, das zum Wohncompound des staatlichen Forschungsinstituts führt. In diesem abgegrenzten Wohngebiet leben Lao Lao und Lao Ye. Der junge Soldat, der am Tor Wache steht, salutiert zu uns herüber und auch Lao Ye hebt seine Hand und grüßt zurück. Er zeigt ihm noch meinen Pass und eine Bescheinigung, die extra für meinen Besuch ausgestellt wurde.

Wenn ein Fremder zu Besuch kommt, muss er nämlich erst ein Formular ausfüllen und seinen Ausweis vorlegen, bevor er reingelassen wird. Bei Ausländern ist es noch viel komplizierter. Da braucht man eine Sondererlaubnis, die man schon Wochen vor dem Besuch beantragen muss. Zum Glück hat Lao Ye das schon für mich gemacht.

Meine Großeltern wohnen in der 8. Etage eines Hochhauses. Hochhäuser gibt es in Peking sehr viele. Deshalb kommt es auch nur selten vor, dass man einen eigenen Garten hat. Mein Lao Ye liebt aber Pflanzen und Tiere, weil er auf dem Land aufgewachsen ist. Er hat außerdem als Umweltforscher gearbeitet. Also hat er sich einfach einen kleinen Garten mit Mini-Teich auf dem großen Balkon einbauen lassen. Da wohnen jetzt zwei Schildkröten und noch ein paar Goldfische.

Zu Hause warten Tante Bin und meine Cousine Mi Mi auf mich. Auspacken kann ich später, sagen alle, da es gleich ein chinesisches Bankett geben wird.

Auf einem runden Tisch stehen schon viele bunte Speisen, die Tante Bin gekocht hat: Fisch, Garnelen und verschiedene Sorten Gemüse. Manche Gerichte kenne ich gar nicht, aber die Düfte von original chinesischem Essen – die habe ich schon lange vermisst!

Mmh, wirklich lecker! Das erinnert mich an früher – so hat Mama in Peking auch für uns gekocht. In Deutschland jammert sie oft, dass sie die chinesischen Gerichte nicht richtig zubereiten kann. Es fehlen manche Gewürze und Gemüsesorten, aber der Hauptgrund liegt an dem Elektroherd, sagt Mama. Man braucht das richtige Feuer, um frische Zutaten schnell braten zu können. »Wok und Feuer!

Eine Zauberei!«, sagt sie immer sehnsüchtig. Sie muss das chinesische Essen auch sehr vermissen.

Was ich auch toll finde, ist der große Drehteller in der Mitte des runden Tisches. Auf ihm stehen alle Speisen. Wenn jemand etwas essen möchte, das weiter entfernt ist, dreht er einfach an dem Teller und bekommt das Gewünschte direkt vor die Nase.

Als Lao Lao mir noch einmal die Schüssel auffüllen möchte, sagt Tante Bin: »Lass Lisa sich doch selbst Essen holen, wenn sie noch was möchte. Sie ist ja kein kleines Kind mehr.« Ich schaue sie dankbar an. Lao Lao hat immer wieder Fisch und Gemüse in meine Schüssel gefüllt und ich bin jetzt wirklich schon satt.

Endlich ist es so weit: Wir dürfen zusammen den Koffer auspacken.

»Oh Gott, oh Gott!« Mi Mi hüpft wie ein kleiner Frosch vor meinem Koffer auf und ab. »Ich bin so gespannt«, sagt sie.

Als ich ihr mein Geschenk überreiche, reißt sie sofort das Geschenkpapier auf und zum Vorschein kommt eine Spieldose, gefüllt mit Lebkuchenherzen.

»Ai Ya! Eine Schatzkiste!« Mi Mi findet die Dose offensichtlich noch besser als die Lebkuchen. Sie nimmt den Inhalt sofort heraus und legt stattdessen die glänzenden Kleider und den Schmuck ihrer Barbies hinein. Nun lässt sie die Musik immer wieder erneut erklingen, damit ihre zwanzig Barbie-Prinzessinnen auf dem Ball tanzen können.

In der Musikpause dürfen die Barbie-Prinzessinnen auch Lebkuchen essen.

Die Gummibärchen gefallen Mi Mi auch sehr gut, jedenfalls verschwinden fünf davon gleich auf einmal in ihrem Mund.

Lao Lao bekommt eine Knoblauchpresse und freut sich, dass ihre Hände nun nach dem Kochen nicht mehr so nach Knoblauch riechen werden.

Lao Ye bekommt ein paar chinesische Zeitungen, für die Mama Artikel schreibt und die in Europa veröffentlicht werden. Er setzt die Brille auf und beginnt sofort zu lesen. Ab und zu schreibt er mit Bleistift sorgfältig Kommentare zu Mamas Artikeln an den Rand.

Tante Bin bekommt erst mal ein paar originale englische Romane, die momentanen Bestseller. Sie streichelt mit leuchtenden Augen über die Titelseiten und murmelt: »Oh wie schön! Die finde ich hier nicht so leicht ...«

Als ich Tante Bin anschließend den neuen Bikini in die Hand gebe, versteckt sie ihn gleich vor den anderen.

»Gefällt dir der Bikini nicht, Tante Bin?«, wundere ich mich. Aber sie wirft mir nur einen bedeutungsvollen Blick zu und zeigt, dass ich nicht weiter darüber reden soll. Sie sieht sehr erleichtert aus, als Lao Ye weiter in den Zeitungen von Mama liest. Er scheint nichts davon bemerkt zu haben. Und wenn doch, so lässt er sich zumindest nichts anmerken.

Dann sagt Tante Bin laut, dass sie auf dem Computer von Lao Ye Skype für mich installieren möchte.

Als wir allein in Lao Yes Arbeitszimmer sind, schaut Tante Bin den Bikini doch genauer an und sagt ganz fröhlich: »Die neue Kollektion aus Paris! Deine Mama ist wirklich ein Schatz! Ich kann ihn im Urlaub im Ausland anziehen.«

Ich finde das lustig: »Willst du ihn denn nicht hier anziehen?« Tante Bin schmunzelt: »Auf keinen Fall! Lao Ye und Lao Lao werden bestimmt sagen: ›80 Euro für so wenig Stoff? Seid ihr verrückt geworden?‹« Dabei rümpft Tante Bin die Nase und macht ziemlich frech Lao Ye nach: »Wenn du so nackt ins Schwimmbad gehst, darfst du nie wieder nach Hause kommen!« Sie zwinkert mir zu und sagt schließlich: »Die Chinesen sind nämlich in manchen Sachen sehr schüchtern.«

Das kann sie natürlich laut sagen. Als wir das erste Mal in Deutschland ins Schwimmbad gegangen sind, wollte Mama auch die Sauna besuchen. Aber nach ein paar Sekunden ist sie schon wieder herausgerannt. Aufgeregt sagte sie zu Papa: »Kannst du das glauben? Es sind zwei nackte Männer in der Sauna!«

Sie konnte sich kaum beruhigen. Papa musste ihr erklären, dass eine gemischte Sauna in Deutschland ganz normal ist. Mama ging schließlich doch noch in die Sauna, aber sie trug dabei ihren Badeanzug und hielt die meiste Zeit über beide Augen fest geschlossen. Sie geht seitdem immer mit Badeanzug in die Sauna, auch wenn er dadurch viel schneller kaputt geht.

»Fertig!«, verkündet Tante Bin und dreht sich schwungvoll auf dem Computerstuhl um. »Es gibt sechs Stunden Zeitunterschied zwischen China und Deutschland. Das heißt, du kannst mit Skype sofort Mama und Papa in Deutschland anrufen.«

Meine Eltern sind gerade aufgestanden. Cool! In Peking ist jetzt aber schon Nachmittag. Ich habe sozusagen eine kleine Zeitreise gemacht. Lao Ye und Lao Lao bekommen große Augen: Wir können durch Skype sogar Mama, Papa und Ricky auf dem Bildschirm sehen!

Ricky legt seinen Kopf schräg und fragt skeptisch: »Lisa, wo bist du?«

»Ich bin natürlich in China, Dummköpfchen«, antworte ich kichernd.

Bevor ich ins Bett gehe, schenkt mir Lao Lao einen neuen Pyjama aus echter Seide. Er hat die Farbe von Lavendel und ist sogar dünner und leichter als Papier!

»Der passt dir wirklich super. Genau das Richtige für so einen heißen Sommer!« Lao Lao schaut mich zufrieden an. Das stimmt: Einen kühleren und bequemeren Pyjama gibt es bestimmt nicht.

Ganz müde und schläfrig liege ich im Bett. Draußen flimmern immer noch Lichtreklamen, aber der Lärm der Autos ist leiser geworden. Laute Stimmen dringen jetzt von der Straße herauf zu mir ins Zimmer: Ein paar Leute verabreden sich für morgen Abend zum Karaoke. Endlich hat Peking mich wieder, denke ich verträumt. Dann höre ich, wie Lao Lao Mi Mi ein Schlaflied singt:

»Silberfluss am blauen Himmel,
Kleines Boot mit weißem Segel,
Süße Blüten friedlich duftend,
Jadehase sorglos spielend,
Kleines Boot mit weißem Segel,
Ostwärts nach Hause schwebend.«

Ich halte meinen Tiger Lily fest im Arm und schlummre langsam ein.

Ich schlafe wie ein Stein.

风吹不折

郑板桥

»Biegsam, wenn der Wind sie zwingt.
Aber sie brechen nie.«

Zheng Banqiao (1693–1765 n. Chr.)

Feuer und Bambus

Erst als mich die Sonne in der Nase kitzelt, wache ich auf. Als ich ein paarmal blinzle, bemerke ich, dass zwei schwarze strahlende Augen in meine starren – so nah, dass die sie umrahmenden Wimpern fast mein Gesicht berühren.

»Träume ich noch?«, wundere ich mich.

Die schwarzen Augen blinzeln jetzt aufgeregt.

»Lisa ist aufgewacht!«, ruft Mi Mi fröhlich ins Wohnzimmer, während sie vor meinem Bett auf- und abspringt.

»Ach, Mi Mi«, sage ich und reibe verschlafen meine Augen. Mi Mi dreht sich wieder zu mir: »Lisa, du bist wirklich eine Schlafmütze! Schau mal, was Lao Lao hier für dich hat!«

Auf meinem Bett wartet das zweite Geschenk auf mich: ein kleines schickes Top mit Spaghettiträgern und passenden kurzen Hosen. Sie sind dieses Mal aus gelber Seide mit schwarzer Bordüre und gestickten Blumen darauf. Sofort hüpfe ich aus dem Bett und probiere die neuen Sachen an.

»Jetzt sehe ich wirklich wie ein richtiges chinesisches Mädchen aus!«, rufe ich überglücklich und springe barfuß zwischen Lao Yes großen Pflanzen hin und her.

»Ja«, lacht Lao Lao, »und du siehst auch noch aus wie ein kleiner wilder Tiger!«

Die Wohnung von Lao Lao und Lao Ye ist sehr groß. Ein bisschen zu groß, sagt Lao Lao. Je älter man ist und je länger man für das Forschungsinstitut arbeitet, desto größer ist die Wohnung, die man bekommt. Das war die Regel. Lao Lao und Lao Ye sind deshalb alle zwei bis drei Jahre in eine größere und bessere Wohnung umgezogen. Mama sagt, dass sie die reinsten Nomaden sind, auch wenn sie immer nur im selben Compound hin und her gezogen sind.

»Das Komische daran ist, dass man eigentlich mehr Platz braucht, wenn man jung ist und kleine Kinder hat. Jetzt sind unsere Kinder schon groß und ausgezogen, aber wir haben 150 m^2 mit drei Schlafzimmern. Bevor deine Tante Bin und Mi Mi wieder nach Peking gezogen sind, erschien mir unsere Wohnung doch sehr leer«, meint Lao Lao. »Ich finde es gut, dass man jetzt einfach eine Wohnung kaufen darf, wenn man sie braucht und sie sich leisten kann.«

Das ist also die neue Regel. Tante Bin hat zum Beispiel in der Vorstadt ein kleines Haus gekauft. Dort verbringt sie mit Mi Mi oft die Wochenenden.

Als ich und Mi Mi die süße, kühle Sojamilch trinken, die Lao Lao mit einer kleinen Steinmühle selbst gemacht hat, erinnere ich mich plötzlich an das Schlaflied von gestern Nacht. Ich kenne natürlich Chang'es weißen Jadehasen aus den Geschichten, die Lao Lao uns am Mondfestival immer erzählt hat, aber ich kenne den Silberfluss nicht.

»Lao Lao, was für ein ›Silberfluss am Himmel‹ ist das in deinem Lied?«, frage ich neugierig.

Lao Lao überlegt kurz und grinst: »Auf Englisch heißt das auch ›Milky Way‹. Diesen Ausdruck kennst du doch bestimmt.«

Ach, die Milchstraße! Man nennt sie in China ›Silberfluss‹. »Wie schön! Dann kann ich also auf der Milchstraße spazieren gehen oder mein Boot in dem Silberfluss treiben lassen«, sage ich ganz zufrieden.

»Oder bist du vielleicht selbst das kleine Boot, über das ich gesungen habe?« Lao Laos Grinsen wird breiter, mit einem Blick, der mehr als nur Freude ausdrückt.

»Schnell, schnell, schnell!« Tante Bin rauscht wie ein Wirbelwind herein und drängt Mi Mi, mit dem Frühstück fertig zu werden. »Hast du Lisa doch aufgeweckt? Haben wir dir nicht gesagt, dass du sie schlafen lassen sollst? Komm, schnell fertig essen. Das Auto von meiner Firma wartet schon unten auf mich«, sagt sie und guckt dabei immer wieder hastig auf die Uhr.

Mi Mi kaut auf ihrer Unterlippe.

Ich verteidige Mi Mi: »Ich bin selbst aufgewacht. Ich bin nicht mehr müde«.

»Wie schön es ist, ein Kind zu sein.« Tante Bin schaut mich verwundert an: »Alles ist leichter, selbst der Jetlag.«

Ich frage neugierig: »Was hast du eigentlich vor, Tante Bin?«

»Wir haben heute eine sehr wichtige Verhandlung!« Tante Bins Augen leuchten, aber mehr verrät sie mir nicht.

»Geh doch schon mal vor«, sagt Lao Ye zu Tante Bin. »Ich bringe Mi Mi in den Kindergarten. Beim Essen darf man niemanden drängen. Kinder gleich gar nicht.«

Das wirkt wie das »kaiserliche Edikt« bei Mama.

Mi Mi schießt ihrer Mutter einen kurzen, triumphierenden Blick zu. Dann rutscht sie unruhig auf ihrem Stuhl hin und her. »Darf Lisa mitkommen und uns zum Kindergarten begleiten?«, fragt sie Lao Ye gespannt.

»Na klar!«, antwortet Tante Bin schnell an Lao Yes Stelle. »Ich habe übrigens heute Abend noch ein Geschäftsessen. Vor neun schaffe ich es nicht, nach Hause zu kommen.« Sie schaut Mi Mi entschuldigend an: »Wie schön, dass jetzt Lisa da ist. Ihr beide könnt bestimmt toll zusammen spielen.«

Dann hören wir die hohen Absätze ihrer Gucci-Damenschuhe, wie sie auf dem Flur hastig »klick, klick, klick …« machen, bis Tante Bin im Lift verschwunden ist.

»Wieder ein Geschäftsessen«, murmelt Lao Ye und schüttelt gleichzeitig den Kopf.

»Hat Tante Bin schon gefrühstückt?«, frage ich verwundert.

Mi Mi antwortet schneller als die anderen: »Mama holt sich jeden Morgen zum Frühstück einen Cappuccino und ein Sandwich von Starbucks ...«

Lao Ye schüttelt wieder den Kopf und Lao Lao wechselt das Thema.

Das Lustige ist, dass Tante Bin eigentlich nur zwölf Minuten jünger ist als Mama. Aber niemand würde erraten, dass sie Zwillinge sind. Tante Bin hat ein rundes Gesicht wie Lao Lao und Mama hat ein schmales Gesicht wie Lao Ye; Tante Bin trinkt Cappuccino von Starbucks und Mama trinkt Jasmintee, den sie von China mitgebracht hat; Tante Bin trägt Schuhe mit hohen Absätzen und fährt mit einem Firmenwagen; Mama zieht oft Turnschuhe an und spielt mit uns Fußball. Es ist eigentlich erstaunlich, dass Zwillinge so unterschiedlich sein können.

Mi Mis Kindergarten befindet sich von Hochhäusern umringt in der Mitte unseres Wohncompounds. Auf dem kurzen Weg dorthin wird Lao Ye von vielen Bekannten begrüßt, jungen und alten, Frauen und Männern. Ich soll alle als Tante oder Onkel, Oma oder Opa begrüßen.

In diesem Compound wohnen die Familien der Mitarbeiter des Forschungsinstituts, in dem Lao Ye bis zu seiner Rente gearbeitet hat.

Man wohnt hier wie in einer großen Familie. Aber wenn man fremd ist, kommt man nicht so einfach rein.

Als wir noch in Peking wohnten, waren Lao Lao und Lao Ye oft bei uns, aber wir nur ganz selten bei ihnen. Weil Papa Deutscher ist, musste Lao Ye ja vor jedem Besuch von uns extra Zutritt für Papa beantragen.

Vor dem Kindergarten stehen bereits viele Kinder mit ihren Eltern oder Großeltern. Alle begrüßen sich lachend.

Als Wind aufkommt, höre ich plötzlich ein helles »Ding … Ding …«

Wo gibt es hier Glocken? Ich folge dem klaren Klang und entdecke einen kleinen Tempel, gleich neben dem Kindergarten. Der Tempel ist hinter Bambus versteckt. Vier Glocken, die unter dem grauen Dach hängen, schwingen sanft im Wind und erzeugen die schönen Klänge, denen ich gefolgt bin. Ein alter Tempel inmitten vieler moderner Hochhäuser – witzig! Die Tür ist leider geschlossen.

Ich versuche, auf meinen Zehenspitzen zu stehen und schaue durch die geschnitzten Fenster. Am Anfang denke ich, der Tempel ist leer, dann sehe ich in dem schlecht beleuchteten Raum zwei lange schmale Augen. Ein großer goldener Buddha! Er sitzt auf einer riesigen Lotusblume hinter durchsichtigen Vorhängen. Seine Händflächen hat er friedlich aneinandergelegt. Aber warte mal, er hat hinter seinem Rücken noch mehrere Arme – wie ein Pfau, der ein Rad schlägt. Jede Hand hat eine andere Handhaltung. Es muss der »Buddha mit den Tausenden Händen« sein. Dann sehe ich zwei Löcher, wo eigentlich weitere Arme sein sollten. Der Buddha ist verletzt. Auch drei Hände sind abgehackt! Wer hat das bloß gemacht?

»Peng!« Ein lauter Knall und ich zittere am ganzen Leib. Hinter dem Buddha erstrahlt plötzlich helles Licht. Die Hintertür fliegt auf und ein paar Männer stürmen herein. Zwei davon stellen einen großen Tisch auf, direkt vor den Buddha. »Können wir den Tisch hierhin stellen, Herr Qian?«, fragt einer von ihnen.

Ein hagerer Mann im grauen Gewand dreht sich um und sagt schließlich: »O.K.!« Er hat keine Haare auf dem Kopf. Im Schein des Lichts ist sein Schädel kahl und glatt wie eine Billardkugel.

Wer auch immer diese Männer sind – Mönche von dem Tempel scheinen sie ganz gewiss nicht zu sein. Was machen sie da? Ich halte den Atem an. Sind sie vielleicht diejenigen, die den Buddha kaputt gemacht haben? Ich ducke mich unter das Fenster und überlege, ob ich Lao Ye holen soll. Nein, ich muss erst einmal wissen, was da los ist.

Als ich wieder durch das Fenster blicke, liegen Tinte, Pinsel, Wasser und ein dicker Stoß Reispapier auf dem Tisch. Derjenige, den die anderen als Herrn Qian bezeichnet hatten, krempelt nun die Ärmel hoch, nimmt den Pinsel in die Hand und atmet einmal tief ein. Als er den Pinsel schwingt, erscheinen schöne chinesische Schriftzeichen auf dem Papier. Herr Qian schreibt ohne Pause. Nachdem eine Seite fertig geschrieben ist, legt einer der anderen Herrn gleich ein neues Papier vor ihm aus.

Seine Bewegungen erinnern mich an die Taiji-Übungen, die Papa morgens im Garten macht.

Auch die anderen Männer im Tempel halten die Luft an und schauen gebannt zu. Herr Qian schreibt und schreibt, bis der ganze Stoß Papier vollgeschrieben ist. Dann schmeißt er den Pinsel einfach in die Luft – die Kalligrafie ist fertig. Ich kann meine Bravorufe fast nicht zurückhalten.

Ein paar Männer zünden jetzt ein Feuer an. Zu meiner großen Überraschung wirft sich Herrn Qian auf die Knie und gibt die gerade fertig geschriebene Kalligrafie ins Feuer, eine Seite nach der anderen. Die züngelnden Flammen springen höher und höher. Sie fressen die wunderschönen Schriftzeichen einfach auf. Herrn Qians Augen funkeln nun – er wirkt sehr ernst. Auf seinem Gesicht liegt der rote Widerschein der Glut. Auch der Buddha schimmert im roten Feuerschein. Die Flammen spiegeln sich in seinen schmalen Augen und es sieht aus, als ob er weinen würde.

Sind die alle verrückt? Warum macht dieser Herr Qian das? Und warum schauen die anderen nur schweigend zu? Das müssen alles Gangster sein. Bei diesem Gedanken steht mir beinahe der Atem still.

»Was machst du hier?« Plötzlich steht Lao Ye hinter mir.

»Oh Gott, Lao Ye!«, rufe ich entsetzt und springe auf. »Du hast mich erschreckt!«

»*DU* hast *MICH* erschreckt«, wiederholt Lao Ye meinen Satz und betont jedes Wort dabei. »Wie kannst du einfach davonlaufen? Ich habe dich überall gesucht! Jetzt gehen wir aber nach Hause.« Lao Ye wischt sich den Schweiß von der Stirn und setzt die Baseballkappe wieder auf.

»Aber wir müssen erst die bösen Kerle in dem Tempel stoppen. Sie haben Feuer gemacht und die schöne Kalligrafie abgebrannt!«

»Welche Kalligrafie?«, fragt Lao Ye verwirrt.

»Die, die der Herr zuvor geschrieben hat!«, schreie ich und merke, wie mir langsam Tränen in die Augen steigen.

Lao Ye sieht jetzt noch verwirrter aus.

Ach, wie soll ich Lao Ye nur alles so schnell erzählen? Da öffnet sich ächzend die vordere Tür des Tempels und heraus kommt verblüfft Herr Qian. Das graue Gewand hat er abgelegt. Stattdessen trägt er ein schwarzes T-Shirt und eine schwarze Hose. Als er Lao Ye sieht, verbeugt er sich leicht vor ihm. Er macht einen respektvollen Eindruck und sagt: »Guten Tag, Onkel Wang. Was machen Sie hier?«

»Warum macht ihr Feuer in dem Tempel und verbrennt die schöne Kalligrafie?«, zische ich zornig.

»Lisa, wie redest du mit Onkel Qian?« Lao Ye ist die Situation peinlich und er dreht sich zu Herrn Qian: »Das ist mein Enkelkind Lisa. Sie ist gestern aus Deutschland angereist.

»Lisa, das ist Onkel Qian – ein Künstler in Modern Art. Er hat auch ein Studio in New York.«

Ein Künstler? Ein Studio in New York? Ich mustere ihn skeptisch von oben bis unten und muss zugeben, dass er hier draußen in der Sonne eigentlich ziemlich normal aussieht. Er ist etwa so alt wie mein Papa und anscheinend kennt er meinen Lao Ye. Er hat jetzt wegen der Sonne auch eine coole Sonnenbrille aufgesetzt.

Onkel Qian lächelt mich an: »Lisa, komm rein. Ich zeige dir ein Kunstwerk von mir.«

Das Feuer ist schon erloschen. Der verbliebene Rest der Kalligrafie ist jetzt nur noch ein grauer Aschehaufen. Onkel Qian hebt die Asche vorsichtig auf. Er verstreut sie über einer schroffen Felsplatte und zwar so, dass sich kleine Aschehäufchen auftürmen. Er ist nun wieder sehr ernst und konzentriert. Als Onkel Qian damit fertig ist, macht einer der anderen Herren Fotos davon. Jetzt sehe ich auch eine Videokamera, die den ganzen Prozess aufgenommen hat.

Onkel Qian zeigt mir die Fotos in dem Display der Digitalkamera. Auf den Schwarz-Weiß-Fotos sieht die verstreute Asche wie eine wellige Bergkette vor einer steilen Felswand aus.

»Das ist ein trauriger Teil unserer chinesischen Geschichte. Aber ganz egal wie viele Herrscher es auch versuchten, die chinesische Kultur zu verbrennen, sie bleibt bestehen, so wie die unbeweglichen Berge – für immer und ewig!« Onkel Qian fügt hinzu: »Die Fotos und der Film werden in einem Museum in Berlin gezeigt – in einer Ausstellung über Moderne Kunst. Aber du hast ja alles schon durch das Fenster beobachtet.«

Ein toller Anfang, Lisa!, denke ich verärgert. Du hast einen Künstler mit einem Gangster verwechselt. Wie peinlich! Aber Mama sagt immer, der größte Fehler ist der, den man nicht korrigiert. Also schlucke ich zweimal und sage zu Onkel Qian: »Tut mir leid, Onkel Qian. Ich wollte nur nicht, dass du die schöne Kalligrafie verbrennst. Ich wusste nicht, dass es moderne Kunst ist.« Ich werde rot bis zu den Haarwurzeln. Aber Onkel Qian meint nur: »Das war genau die Reaktion, die ich mir von meinem Publikum wünsche. Danke, Lisa, für deinen Mut.«

Lao Ye steht die ganze Zeit sprachlos neben uns. Dann schüttelt er zum Abschied Onkel Qians Hand, stark und lang, und keiner von den beiden sagt noch etwas.

»Ist Lao Ye sauer auf mich?«, frage ich Lao Lao ganz leise. Lao Ye hat auf dem Weg nach Hause kein einziges Wort mit mir geredet. Und jetzt malt er mit dem Pinsel schweigend auf einem großen Blatt Reispapier. Die Zornesfalten auf seiner Stirn zucken bedenklich.

Lao Ye hat mich nicht einmal richtig ausgeschimpft. Dafür liebe ich ihn so sehr. Aber es reicht auch schon, wenn er ein finsteres Gesicht macht, da wird selbst Mi Mi ganz ruhig. Wir haben nämlich großen Respekt vor Lao Ye, weil er schon so viel erlebt hat. Wegen seiner Forschungsprojekte hat er fast ganz China bereist – war in den eisigen Höhen des Himalaja in Tibet, im subtropischen Regenwald in Yunnan, in den unermesslichen Grasländern der Inneren Mongolei und auf den tropischen Inseln von Südchina. Einmal musste Lao Ye im Wald gegen zwei Wölfe kämpfen und das ist unsere Lieblingsgeschichte. Lao Lao erzählt Mi Mi und mir oft Geschichten von Lao Yes Abenteuern, bevor wir ins Bett gehen.

»Natürlich ist er nicht sauer auf dich, Lisa«, tröstet mich Lao Lao. »Lao Ye ist immer ein bisschen traurig, wenn er den verletzten Buddha sieht.«

»Warum?«

»Na ja, es erinnert ihn an die Kulturrevolution, und das war damals eine sehr schwierige Zeit in China«, seufzt Lao Lao jetzt auch. »Es war eine Zeit, in der ganz viele Buddhas und Tempel zerstört wurden. Und nicht nur Buddhas, auch ganz viele Kunstschätze. Bücher und Gemälde wurden verbrannt …«

»Bücher und Gemälde? Wie schrecklich!« Mir stockt der Atem. Irgendwas sagt mir, dass Onkel Qian deshalb die schöne Kalligrafie verbrannt hat. Wie kann man Bücher und schöne Kunstgegenstände verbrennen?

Als wir von China nach Deutschland gezogen sind, hat Mama alle ihre Bücher mitgenommen. Die Wände in Mamas Arbeitszimmer sind von oben bis unten damit vollgestellt. Sogar über dem Türrahmen gibt es Bücherregale. Aber das ist noch lange nicht alles: Jede Woche schleppt Mama in einem großen Bambuskorb Berge von Büchern aus der Stadtbibliothek nach Hause und aus den Büchern liest sie uns jeden Abend vor dem Zubettgehen Geschichten vor. Wenn Ricky oder ich eine Buchseite zerknicken oder zerreißen, wird Mama richtig sauer. »Bücher haben eine Seele. Man darf Bücher nicht kaputt machen, auf keinen Fall!«, schimpft sie dann mit uns.

»Ja, Lisa, das war furchtbar! Das ganze Land wurde unterdrückt. Was für ein Glück, dass ihr nicht in so einer schrecklichen Zeit leben müsst.«

Lao Lao streicht mir eine Haarsträhne liebevoll hinters Ohr und sagt: »Schau doch mal, was Lao Ye malt. Er freut sich bestimmt. Jetzt hat er endlich Zeit, die chinesische Tuschmalerei zu üben. Als wir noch jung waren, waren wir so beschäftigt mit der Arbeit und der Revolution. Nach der Arbeit mussten wir noch an den Versammlungen der Kulturrevolution teilnehmen und Maos Reden auswendig lernen. Was für ein Quatsch! Deine Tante Bin haben wir oft mit deiner Mama alleine zu Hause lassen müssen. Was für eine Sünde! Eine Sünde!« Lao Lao schimpft gleich zweimal hintereinander.

Da ruft Lao Ye mich schon in sein Arbeitszimmer: »Lisa, komm mal herein. Ich will dir etwas zeigen.« Gut, er ist wirklich nicht sauer auf mich.

Lao Ye hat Bambus gemalt – in schwarz und weiß, und dann mit einem kleinen blutroten Stempel noch zwei Zeilen chinesische Schriftzeichen hinzugefügt. Als ich das Bild genauer betrachte, kommt es mir so vor, als ob sich der Bambus ganz leicht im Wind wiegen würde. Doch ich sehe nicht nur die elegante Bewegung des Bambusses, sondern fühle auch den Wind, der seine Blätter streichelt.

»Wow, wie hast du das gemalt, Lao Ye?«, frage ich verblüfft.

»Bevor man einen Bambus zeichnet, muss man ihn in sich wachsen lassen«, sagt Lao Ye absolut ernst.

Ich kenne diesen Bambus doch von irgendwoher, denke ich. Es ist der Bambus vor dem Tempel! Nein! Es ist der Bambus, den Mama neben unserer Terrasse gepflanzt hat! Ich kann mich einfach nicht entscheiden.

Bambus ist neben Büchern Mamas zweite große Leidenschaft. Als wir in unser Haus in Deutschland eingezogen sind, bestand der Garten nur aus einer großen Wiese. »Vielleicht holst du dir ein paar schöne Blumen?«, schlug Papa vor. Aber was hatte Mama im Baumarkt ausgesucht? Keine Rosen, keine Dahlien. Was Mama aus dem Van herauszerrte, das waren … zwei große Bambusse!

»Was für ein Glück! Ich habe gar nicht erwartet, dass man in Deutschland auch Bambus kaufen kann«, lachte Mama atemlos. Papa und Mama haben dann gemeinsam die zwei großen Pflanzen in den Garten geschleppt und neben unserem Haus eingepflanzt. Jedes Frühjahr wetteifern die neuen Bambussprossen miteinander, wer am höchsten wächst. Mittlerweile sind unsere Bambusse schon so hoch wie der Balkon. »So wie in China!«, sagt Mama immer zufrieden, wenn sie abends einen Blick darauf wirft.

»Was hast du da geschrieben?«, frage ich Lao Ye nach den Schriftzeichen auf dem Bild.

»Biegsam, wenn der Wind sie zwingt. Aber sie brechen

nie.« Lao Ye liest mir laut vor und legt dabei seinen Arm um meine Schultern.

»Lao Ye, ich liege bei uns zu Hause immer gerne in der Hängematte und schaue mir die neuen Zweige und Blätter von Mamas Bambus an. Sie wiegen sich im leichten Wind genauso schön wie auf deinem Bild …«, berichte ich ihm und springe danach sofort auf. »Ich muss jetzt mit Mama telefonieren.«

Lao Ye bremst mich lachend: »Ungeduldig wie ein Tiger – hast du vergessen, dass es noch Nacht ist in Deutschland?«

Oh ja, ich habe nicht an den Zeitunterschied gedacht. Dann fällt mir ein, dass ich unbedingt noch Sophie anrufen wollte. Ich kann es kaum erwarten, sie wiederzusehen und ihr mein neues Outfit zu zeigen.

千里之行
始于足下

老子

»Eine Reise von tausend Meilen
beginnt mit dem ersten Schritt.«
Laozi (580–500 v. Chr.)

Mi Mi und Chinesisch

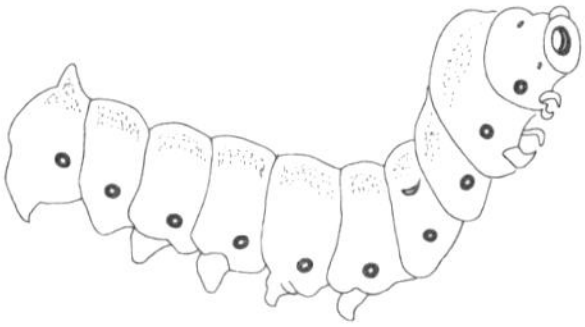

Am Telefon erkenne ich die Stimme von Sophies Ayi, ihrem Kindermädchen.

»Lisa, bist du es? Was für eine nette Überraschung!«, sagt Sophies Ayi gut gelaunt in den Hörer. »Sophie redet immer noch ganz viel von dir … Was? Du bist in Peking? Sophie ist aber gerade mit ihren Eltern im Urlaub. Sie sind in ihre Heimat geflogen, nach…«, dann überlegt sie kurz, »Wu Er Mu …«

»Was? Nach Ulm?« Ich kann meinen Ohren kaum trauen. »Das kann nicht sein. Ich habe ihr doch extra die Postkarte mit dem süßen Eisbären-Baby Knut geschickt!«

»Eine Postkarte mit Eisbären-Baby? Wir haben nichts bekommen …«

Oh nein, die Postkarte ist bestimmt verloren gegangen. Wie dumm! Und was für eine Enttäuschung!

Ich kenne Sophie schon, seit meine Familie damals wegen Papas Arbeit von Deutschland nach Peking gezogen ist. Mama erzählt immer, dass ich am Anfang fürchterlich geweint habe, als ich in den Kindergarten der internationalen Schule kam, weil alle nur Englisch gesprochen haben. Daran kann ich mich gar nicht mehr erinnern. Aber ich weiß ganz genau, dass Sophie das erste Kind war, das mit mir geredet hat. Und zwar auf Deutsch! Noch schöner war es, dass Sophie in dem gleichen Viertel wohnte wie ich. Fast jeden Tag haben wir zusammen gespielt.

Als ich weggezogen bin, haben wir anfangs sehr viel telefoniert und uns E-Mails geschrieben. Aber nach einer Weile ist der Kontakt etwas eingeschlafen.

Mama tröstet mich später am Telefon: »Es ist wirklich schade. Aber du kannst ja mit Mi Mi spielen.« Weiß Mama nicht, dass Mi Mi erst fünf ist?! Was sie spielen möchte, ist doch kindisch. Meistens will sie nur nachmachen, was ich mache. »Dann sollst du einfach ein großes Vorbild für Mi Mi sein«, meint Mama. Oje!

Aber bevor ich mich langweiligen kann, hat Mi Mi mir ihren »Schatz« gezeigt: zehn niedliche Seidenraupen in einer Schachtel, die nur Maulbeerblätter fressen. Wenn sie ordentlich gefüttert werden, sagt Tante Bin, werden sie bald Seidenkokons bauen und daraus kann der Seidenraupenzüchter Seidenfäden herstellen. So wurde zum Beispiel meine schöne seidene Kleidung gemacht.

Maulbeerbäume wachsen eigentlich mehr in Südchina, aber mit Lao Yes Hilfe haben wir doch zwei gefunden.

Auf solch große Bäume zu klettern macht natürlich riesig Spaß. Ich muss Mi Mi nämlich helfen, die Maulbeerblätter von den Bäumen zu pflücken. Von dort oben kann ich auch die Kinder auf dem Fußballfeld gut sehen. Es sind die Jungen aus der Highschool, die neben unserem Compound liegt. Einmal höre ich sie laut jubeln: »Spy Kid! Spy Kid!« Ein Junge, der ein Tor geschossen hat, wirft vor Freude beide Arme in die Luft und wird von seinem Team auf die Schultern genommen und über den Platz getragen. Ein schneeweißer Schäferhund bellt laut und wirbelt mit wedelndem Schwanz um die Kinder herum. Das ist aber ein lustiger Spitzname, denke ich. Dann koste ich mit Mi Mi die saftigen Maulbeeren und wir müssen über unsere blauen Finger und Zungen laut lachen.

Oft kann Mi Mi aber nicht zum Blättersammeln mitkommen. Ich sitze dann lange allein hoch oben auf dem Baum und schaue einfach den Kindern auf dem Fußballplatz zu, während Mi Mi abends nach dem Kindergarten noch zum Unterricht geht. Viermal pro Woche: Mathematik, chinesischer Tanz, Klavier und Malen.

Ich interessiere mich auch für viele Dinge: Hip-Hop, Einrad fahren, Theater … Mama meint, dass sich meine Interessen so schnell ändern wie das Wetter im April. Deswegen gibt es immer ein langes Gespräch mit Mama, wenn ich mit etwas anfangen oder aufhören möchte. Ich darf es nur dann, wenn ich sie davon überzeugen kann, dass ich es mir gut überlegt habe. Im Moment gehe ich in die Theater-

AG und zum Schwimmen, weil mir beides wirklich Spaß macht.

Mi Mi sagt immer, dass ihr der zusätzliche Unterricht gefällt. Vielleicht mag sie ihn, weil sie dort ihre Freunde treffen kann.

Meistens holt Lao Ye Mi Mi vom Kindergarten ab und fährt sie gleich mit seinem alten, schwarzen Fahrrad zu den Übungsstunden, weil Tante Bin oft bis spät in den Abend hinein arbeitet. Ihr Handy klingelt sogar am Wochenende. Einmal nach dem Telefonieren strahlte sie uns begeistert an: »Unser Hotel bekommt vielleicht die Zusage für eine richtig große Veranstaltung. Für ein internationales Jazz-Festival.«

Mi Mi berichtet mir oft ganz stolz: »Es gibt viele ausländische Gäste in Mamas Hotel! Auch Gäste aus Deutschland!« Doch wenn Tante Bins Handy beim Essen klingelt, runzelt Lao Ye immer die Stirn.

Als Mi Mi einmal ihre Hausaufgaben macht, staune ich, wie super schnell sie mit einem Abakus bis 100 addieren und subtrahieren kann. Das lernen die deutschen Kinder doch erst in der Schule. Und beim Tanzen kann sie die Beine bis zu den Ohren heben! Ich habe ihr gleich beigebracht, wie man in beide Richtungen Rad schlagen und Handstand machen kann. Wir haben bei unserer Akrobatik-Show lauten Applaus von Lao Lao und Lao Ye bekommen.

Mi Mi kennt auch schon viel mehr chinesische Schriftzeichen als ich. Das beunruhigt mich etwas, denn ich habe Mama eigentlich versprochen, dass ich in Peking fleißig Chinesisch lerne …

Als ich eines Tages mit Mi Mi, Lao Lao und Lao Ye unter einer Weide am Kunming-See sitze – wir machen gerade einen unserer zahlreichen Ausflüge –, muss ich wieder zerknirscht an mein Chinesisch denken. »Warum schreiben die Chinesen nur so kompliziert«, beschwere ich mich bei Lao Ye.

»Ist das wirklich so?«

Lao Ye blickt mich ruhig an und legt seinen Arm um meine Schultern. Ein frischer Wind weht über die vielen hübschen Lotosblüten im See hinweg, und der sich im Wasser spiegelnde Sommerpalast schwankt jetzt sanft auf den Wellen auf und ab.

Ich seufze: »Wie hat Mi Mi es nur geschafft, so viele Schriftzeichen zu lernen? Sie kam doch erst vor drei Jahren mit Tante Bin aus Amerika zurück.«

Meine Frage versetzt Mi Mi in einen Freudentaumel: »Das ist doch babyleicht! Schau mich mal an!«

Sie springt von der Bank herunter und spreizt die Beine weit auseinander. »Was ist das für ein Schriftzeichen?«

Ich schaue sie an und muss lachen. Sie sieht genauso aus wie das chinesische Schriftzeichen 人. Das bedeutet »Person« oder »Mensch«.

»*Ren?*« frage ich.

»Richtig!«, ruft Mi Mi fröhlich und hebt jetzt beide Arme seitlich bis auf Schulterhöhe. »Und jetzt?«

Das sieht aus wie 大. *»Da!«* Diesmal rufe ich es ganz laut.

»Richtig! Das heißt ›groß‹! Das hat Lao Ye mir gezeigt«, sagt Mi Mi ganz vergnügt und Lao Ye fügt noch hinzu: »Ich glaube, wir Chinesen haben in der alten Zeit einfach gemalt, was wir gesehen haben. Langsam wurden die Bilder immer einfacher. So entstanden die heutigen Schriftzeichen. ›Fliegen‹, schreibt man zum Beispiel so.«

Lao Ye schreibt 飞 mit einem Stock auf den Boden. »Und das sieht aus wie ein Vogel, der beide Flügel schwingt.«

»Aber es gibt so viele Schriftzeichen, die ich mir nicht mehr als Bilder merken kann«, seufze ich wieder.

»Das stimmt«, sagt Lao Lao, »aber auch eine Reise von tausend Meilen beginnt mit dem ersten Schritt. Wenn du jeden Tag fünf Schriftzeichen lernst, kennst du am Ende der Ferien schon hundert.«

Dann zwinkert sie mir noch aufmunternd zu und meint: »Wenn ein neunjähriges Mädchen allein von Deutschland nach China fliegen kann, kann sie bestimmt auch Chinesisch lernen. Was sagst du dazu?«

Ich bin etwas verlegen und antworte ganz ehrlich: »Es war gar nicht so schwierig, wie man es sich vorstellt.«

Lao Lao fragt nach: »Aber bevor du es geschafft hast, hast du da keine Angst gehabt?«

Ich erröte und muss ihr zustimmen: »Natürlich, Lao

Lao. Ich habe große Angst gehabt. Und ich glaube, Mama auch.«

Lao Lao grinst. »Siehst du, mit dem Chinesischschreiben ist das ebenso. Aber das haben schon viele Millionen Kinder vor dir geschafft und du schaffst es auch.«

Ich überlege. Dann frage ich Lao Lao: »Bringst du mir noch zwei Schriftzeichen bei?«

»Lass Mi Mi dir noch welche zeigen«, schlägt Lao Ye vor. »Das macht sie bestimmt gerne.«

Und wie gerne! Mi Mi strahlt mich stolz an.

Seit diesem Tag spielen Mi Mi und ich oft »Schule«. Sie ist immer die Chinesisch-Lehrerin und ich bin ihre Schülerin. In den anderen Fächern tauschen wir und ich bin die Lehrerin.

Am liebsten mag ich die Prüfungen bei Lao Lao: Da schreibt sie die Schriftzeichen mit ihrem Zeigefinger auf unseren Rücken und wir müssen dann erraten, was sie geschrieben hat. Das ist eine Prüfung, bei der man ganz viel kichern muss.

Es ist Samstag, noch früh am Morgen, und ich bin eben erst aufgestanden. Da höre ich von draußen Kinderstimmen. Sie sprechen laut englische Wörter nach, stelle ich überrascht fest. Lao Lao sagt, dass es ein Englischunterricht für Vorschulkinder ist.

»Aber es ist doch noch so früh«, wundere ich mich.

Tante Bin sagt lachend zu mir: »Kennst du dieses chinesische Sprichwort? ›Der frühe Vogel fängt den Wurm.‹ So versuchen wir alle, frühe Vögel zu sein.«

Da protestiert Mi Mi sofort laut: »Ich bin doch kein Vogel! Und Würmer esse ich auch nicht!«

Sie ist eben noch klein und begreift das nicht.

Ich frage Lao Ye, ob er mich morgen früher wecken kann. Lao Ye hat mir nämlich erzählt, dass er immer um 6:00 Uhr in einen Park geht und Taiji macht, um die aufgegangene Sonne zu begrüßen. So nennt er das. Er hat mir einmal gesagt, dass auch viele Kinder jeden Morgen im Park joggen oder Tischtennis spielen. Ich möchte auch mal sehen, was morgens im Park los ist.

早起的鸟儿
有虫吃

俗语

»Der frühe Vogel fängt den Wurm.«
Chinesisches Sprichwort

Ping und Meister Zhao

Um 6:00 Uhr aufzustehen ist nicht leicht. Ich werde erst richtig wach, als wir an die frische Luft kommen. Auf dem Weg zum Park muss ich aufpassen, dass ich nicht mit all den vielen Fahrrädern und Menschen zusammenstoße. Einige Freunde von Lao Ye sind schon da. Sie haben alle weiße Kung-Fu-Kleidung aus Seide an und jeder trägt ein Schwert in seiner Hand.

Der Leiter der Taiji-Gruppe ist Meister Zhao. Lao Ye sagt, dass er einmal Champion bei den Nationalen Kampfkunstmeisterschaften war. Wow! Nachdem er mich ganz nett begrüßt hat, frage ich ihn: »Meister Zhao, kannst du auch durch Bambuswälder fliegen?« Das hat mein Lieblings-Kung-Fu-Star in einem Film gemacht. Meister Zhao lacht schallend und sagt: »Ich glaube, die Bambuswälder sollten wir den Pandas überlassen, meinst du nicht? Es gibt jetzt nur noch weniger als 1000 Pandas auf der Welt.«

Ich glaube, das heißt ja! Ein Junge neben uns sagt jetzt zu mir: »Du bist doch das Mädchen, das auf den Maulbeerbaum geklettert ist. Möchtest du vielleicht Taiji mitmachen?«

Hat er mich mal gesehen? Vielleicht ist meine gelbschwarze Kleidung zu auffallend? Chinesische Kinder ziehen heutzutage nur noch selten solch seidene Kleidung an. Mama muss deswegen oft lachen, wenn sie Filme über das moderne China sieht, in denen alle Chinesen so wie in der alten Zeit angezogen sind.

Der Junge kommt mir irgendwie auch bekannt vor.

Plötzlich stürzt sich aus dem Nichts ein schneeweißer Schäferhund in meine Arme. Er bellt laut und wedelt mit dem Schwanz. Was für eine schöne Überraschung! Ich halte ihn kichernd am Halsband und streichle seinen Kopf. »Ist das dein Hund, Spy Kid?«, frage ich. Nun ist mir der Name des Jungen auf einmal eingefallen. Es ist derselbe Junge, der auf dem Fußballplatz das Tor geschossen hat.

Er hat lustige, strahlende Augen und grinst breit. »Snow White! Setze dich!«, kommandiert er.

Wie lustig, der Hund hat genauso einen witzigen englischen Namen wie der Junge!

»Spy Kid? Was für ein Name ist das?«, fragt Meister Zhao. Weiß er nicht, dass sein Enkelkind diesen Spitznamen hat? Ich übersetze es schnell ins Chinesische.

Die Zornesfalten auf Meister Zhaos Stirn zucken bedenklich. »Spy Kid«, wiederholt er gleich noch mal.

»Das ist Lisa, mein Enkelkind aus Deutschland«, mischt sich jetzt Lao Ye in unser Gespräch ein. So kann Meister Zhao nicht weiter nachhaken und stellt mir stattdessen »Spy Kid« vor: »Das ist mein Enkelkind Ping. Ping hat auch Ferien und kann dir – wenn du möchtest – vielleicht ein paar Sachen zeigen. Komm uns doch mal besuchen. Wir wohnen in demselben Gebäude wie dein Lao Ye.«

»Auf der 6. Etage, Wohnung Nr. 605.« Ping hebt den Arm und zeigt auf die Fenster ihrer Wohnung. Dann lädt er mich noch mal ein: »Willst du nicht doch mitmachen?«

Na ja, mitmachen vielleicht nicht, aber ich möchte sehr gerne zuschauen.

Als die Gruppe mit ihren Taiji-Übungen anfängt, beginne ich, mich bald ein bisschen zu langweilen. Es sieht zwar sehr schön aus, aber eben auch nicht viel anders als bei Papa. Ich verstehe einfach nicht, warum sie alle Bewegungen so langsam machen. Ehrlich gesagt, es sieht überhaupt nicht so cool aus wie in den Kung-Fu-Filmen. Vielleicht weil sie alle so alt sind, denke ich. Aber Ping macht es genauso. Wenn sie gegen jemanden kämpfen müssten, würden sie so doch bestimmt verlieren.

Nach ein paar Minuten bitte ich Lao Ye um zehn Yuan, um auf dem Gemüsemarkt Frühstück zu kaufen. Vorher schlendere ich noch etwas durch den Park. Hier ist viel los! Zuerst schaue ich einer Gruppe zu, die eine Pekingoper einstudiert. Drei alte Herren begleiten die Opernsänger auf lustigen chinesischen Instrumenten. Die Opernsänger singen ganz schön laut – in hohen Kopfstimmen. Ich kann zwar nicht verstehen, was sie singen, aber der Hauptdarsteller hat sein Gesicht mit bunter Farbe bemalt und ich erkenne ihn sofort als Sun Wukong, den König der Affen. Akrobatisch turnt er vor uns hin und her und macht dabei viele lustige Gesten. Das gefällt mir. Auch die Geschichte von Sun Wukong mag ich sehr: Wenn Sun Wukong nur ein einziges Rad am Himmel schlägt, kann er schon zehntausend Kilometer zurücklegen. Wenn ich das auch könnte, dann wäre ich in wenigen Sekunden von Deutschland nach China geflogen!

Zwei alte Herren spielen gerade ein chinesisches Schachspiel in einem achteckigen Pavillon.

Leider kann ich die Schriftzeichen auf den Spielsteinen noch nicht alle lesen und das Spiel nicht richtig verfolgen. Ich schaue kurz zu, werde aber ständig von den hübschen Singvögeln abgelenkt, die in ein paar dekorativen Käfigen auf einem Baum hängen. Einer davon hat schwarze Federn und einen knallgelben Schnabel. Er quiekt ab und zu mit einer komischen Stimme »Nĭ Hăo!« und sieht mich aus goldenen Augen an. Als ich »Nĭ Hăo« antworte, spricht er es gleich zweimal nach.

Dann entdecke ich etwas ganz anderes: Ein großer Herr hält zwei Pinsel in seinen Händen, die jeweils so groß sind wie ein Wischmopp. Damit zeichnet er mit links und rechts gleichzeitig eine Kalligrafie direkt auf den Boden – mit Wasser! Wenn das Wasser getrocknet ist, schreibt er wieder etwas Neues. Wie interessant! Normalerweise zeichnet ein Kalligraf bei dieser Kunst des Schönschreibens mit Pinsel und Tusche auf Reispapier. Ich habe nur einmal gesehen, dass ein Herr den Pinsel in seinem Mund gehalten und damit eine Kalligrafie geschrieben hat.

Dieser Kalligraf, mit je einem Pinsel in beiden Händen, fragt mich plötzlich: »Magst du die Kalligrafie, die ich schreibe?« Ich nicke.

Seine Kalligrafie sieht genauso kraftvoll aus wie er selbst. »Wie heißt du, kleines Mädchen?«, fragt er lächelnd. Ich finde ihn ganz nett, so sage ich ihm meinen chinesischen Namen. Er schreibt ihn sofort auf den Boden und fragt, ob ich selbst etwas schreiben will. Ich schüttle jedoch den Kopf: »Ich kann das nicht.« Er lacht und ermuntert mich: »Keine Angst, probiere es einfach mal.«

Na gut, er ist wirklich sehr nett. Ich nehme den großen Pinsel und versuche, meinen Namen genauso schön zu schreiben wie er. Das macht echt Spaß. Aber nach einer Weile tut mein Handgelenk weh. Den großen Pinsel immer gerade zu halten ist ziemlich anstrengend.

Ich gebe dem Herrn den Pinsel zurück und sage: »Danke, ich muss jetzt leider gehen.« Plötzlich hält der Herr aber meinen Arm fest und sagt: »Du hast noch nicht bezahlt. Du darfst nicht gehen.«

Was, er hat doch nie gesagt, dass ich dafür bezahlen muss! Ich schreie laut: »Warum muss ich etwas bezahlen? Das hast du vorher nicht gesagt!«

»Das ist egal, du musst mir noch zehn Yuan geben!«

»Lassen Sie mich los«, sage ich nun hilflos.

Unglaublich, er war vorher so nett und jetzt ist er so böse! Ich weiß nicht, was ich machen soll. Der Druck seiner Hand, die mich festhält, wird heftiger. Meine Hände schwitzen und ich zittere vor Aufregung. Er ist natürlich viel stärker als ich. Die zehn Yuan brauche ich aber für unser Frühstück. Lao Ye wird bestimmt sauer auf mich sein, wenn das Geld weg ist.

Langsam bin ich den Tränen nahe.

»Lass sie los!« Ich weiß gar nicht, wann Ping gekommen ist, aber er steht jetzt vor dem bösen Kerl und zeigt drohend seine Faust. Da lacht der Kerl und spottet: »Wer bist du denn, kleiner Mann? Bist du schon zehn geworden? Sorge lieber für dich selbst!«

Ping lässt sich aber nicht so leicht einschüchtern. »Lass sie los! Ich habe genau gesehen, wie du getrickst hast!«, faucht Ping. Er lässt seine Fingerknochen knacken und seine Augen verengen sich zu schmalen Schlitzen.

Langsam stehen immer mehr Leute um uns herum und manche fragen, was hier los ist. Jetzt wird es peinlich für den bösen Herrn und er wird zornig. Er lässt mich laufen und geht auf Ping los.

»Kleiner Wurm, ich zeige dir, wer ich bin!«, droht er bebend und ich halte vor Angst die Luft an. Er ist fast zwei Köpfe größer als Ping und hat sehr viele Muskeln.

Er stürzt sich auf Ping und will ihn wegstoßen! Bevor

ich »Vorsicht!« rufen kann, hat Ping den bösen Kerl schon wie einen Sack Mehl fünf Meter weit durch die Luft geschleudert, wo er jetzt unsanft auf dem Boden zu Fall kommt. Ich habe gar nicht gesehen, wie Ping das so blitzschnell geschafft hat! Das Ganze muss im Bruchteil einer Sekunde passiert sein.

Die Zuschauer rufen laut »Bravo!« und applaudieren noch dazu. Viele schimpfen auf den Bösewicht, da er sein Gesicht verloren hat, und sagen, dass er sich schämen sollte. Vor Ärger läuft er rot an und wirft uns einen giftigen Blick zu.

»Wir werden uns noch wiedersehen!«, zischt er und schimpft weiter grimmig vor sich hin, während er die Zuschauer beim Weggehen zur Seite schubst.

»Heh, vergiss deine Pinsel und den Eimer nicht!«, ruft Ping dem bösen Kerl hinterher. Das bringt die Zuschauer zum Lachen. Der Kerl nimmt schnell seine Sachen mit und verschwindet unter schallendem Gelächter.

Auf dem Weg zum Gemüsemarkt bin ich trunken vor Freude, als ob *ich* den Kerl weggeschleudert hätte. Ich frage Ping begeistert: »Was für ein Kung-Fu war das? Das war so stark!«

Ping erklärt: »Das war Taiji, wie ich es gerade mit Opa und den anderen geübt habe.«

»Aber Taiji ist doch viel langsamer. Kann man damit auch kämpfen?«, wundere ich mich.

Ping grinst: »Taiji kann langsam und schnell ausgeführt

werden. Man übt die Technik, um ausgeglichener zu werden und um seine Gesundheit zu stärken, nicht um zu kämpfen. Aber wenn man gegen böse Leute kämpfen muss, kann Taiji sehr wirkungsvoll zur Selbstverteidigung eingesetzt werden.« Er kratzt sich am Kopf und versucht, sich an noch etwas zu erinnern: »Hmm … Opa sagt auch immer: ›In der Bewegung nicht nachlassen, um Ruhe zu suchen, sondern Ruhe in der Bewegung finden.‹ Verstehst du das?«

Ich nicke zweimal und schüttle dann doch den Kopf. Es klingt auf jeden Fall sehr schlau für mich.

Ping hat mir meine Verwirrung nicht angemerkt und führt einfach weiter aus: »Opa kann natürlich noch viel besser Taiji als ich. Ich beherrsche aber schon ziemlich gut die Affenform. Ich kann mich dabei so schnell bewegen wie ein Affe.«

Er zeigt mir jetzt eine bekannte Bewegung aus dem »König der Affen«. Aha, vielleicht kann er sich deswegen beim Fußballspiel so flink bewegen und so viele Tore schießen?

»Kannst du auch ein bisschen Kung-Fu?«, fragt er interessiert.

»Na ja, Papa hat mir Chang Quan, den Lang-Faust-Stil von Kaiser Taizu, beigebracht. Ansonsten zeigt Papa mir häufig eine DVD mit der Mulan-Form und von der DVD habe ich mir ein bisschen was abgeschaut. Taiji ist zu schwierig für mich. Aber die Mulan-Form finde ich schön und auch einfach«, antworte ich ehrlich und bereue ein bisschen, dass ich nicht mehr von Papa gelernt habe.

»Die Mulan-Form? Das passt zu Mädchen.« Ping redet jetzt wie ein Erwachsener. Meine Mama hat auch immer gesagt, dass gerade die Mulan-Form besonders für Mädchen geeignet ist, weil sie so schön anzuschauen ist und an einen eleganten Tanz erinnert.

Während wir uns so unterhalten, hat Ping den Weg zum Gemüsemarkt eingeschlagen.

患难之交

成语

»Freunde erkennt man in der Not.«

Chinesisches Sprichwort

Auf dem Gemüsemarkt

Von Weitem können wir bereits die Verkaufsstände des Gemüsemarktes sehen. Eine riesige Auswahl von Gemüse, Fleisch, Eiern, bunten Früchten und Gewürzen liegt schön ordentlich aufgestapelt vor den Verkäufern. Als wir näher kommen, höre ich, wie die Verkäufer laut mit ihren Kunden feilschen.

Auf einem Schild mit roten chinesischen Zeichen lese ich: »Frühstück und chinesische Spezialitäten«. Unter dem Schild steht ein großer Mann, der gerade Teig in lange Nudelfäden zieht. Ich kann es kaum glauben, wie schnell er in nur wenigen Minuten Tausende dünne Nudeln herstellen kann. Neben ihm schneidet ein anderer Mann mit einem scharfen Messer aus festem Nudelteig dünne Scheiben und lässt sie dann in einem hohen Bogen durch die Luft sausen. Zielgenau – so als ob die Nudeln Augen hätten – landen sie in einem Wok mit kochender Suppe.

Die in weißen Dampf gehüllten Stände verströmen einen intensiven, typisch chinesischen Geruch. Und welch eine Qual der Wahl: gedämpfte Teigtaschen mit gehacktem Fleisch und chinesischem Lauch aus Shanghai, Pfannkuchen mit Eiern und Bohnensoße aus Tianjin, Sesampfannkuchen aus Shandong, scharfe Nudelsuppe mit schneeweißem Tofu aus Sichuan ... eine Speise köstlicher als die andere.

»Morgen, Zhao Ping«, begrüßt ein Verkäufer nun Ping. »Wie geht's deinem Opa?«

»Gut, Onkel Li, danke sehr.« Ping antwortet höflich und dann bestellt er für mich Frühstück: »Sojamilch für vier Personen und sechs gedämpfte Teigtaschen, bitte.«

Der Verkäufer packt alles ein und macht uns noch auf ein Plakat aufmerksam, auf dem »Wir ziehen um« steht. »Wir brauchen nicht mehr lange auf der Straße zu kochen«, erklärt er uns. »Ab nächster Woche findet ihr uns in dem neuen Supermarkt vor eurem Compound. Da haben wir einen Stand gemietet. Sag bitte deinem Opa Bescheid, O.K.?«

Der Verkäufer strahlt, doch der Kunde neben uns fügt hinzu: »Der Gemüsemarkt wird bald komplett abgeschafft und dann wird wieder ein Einkaufszentrum gebaut. Immer mehr Einkaufszentren und weniger Gemüsemärkte ...«

Mein Blick fällt auf ein paar köstliche Pfannkuchen. »Weißt du, Pfannkuchen mit Eiern und Bohnensoße sind das Lieblingsfrühstück meiner Mama«, sage ich zu Ping. »Sie würde sich bestimmt freuen, wenn sie jetzt auch hier wäre.«

Ping fragt neugierig nach: »Kann sie denn in Deutschland keine solchen Pfannkuchen kaufen? Schade, hier bekommt man sie überall.«

Ich werde plötzlich etwas empfindlich und fühle mich gezwungen, das deutsche Frühstück zu verteidigen: »Na ja, das Frühstück ist eben anders in Deutschland. Es gibt Brot oder Brötchen mit Marmelade, Schokoladencreme oder Honig oder mit verschiedenen Käse- und Wurstsorten. Da gibt es auch sehr viel Auswahl.«

Ping hat große Augen bekommen. »Lecker!«, sagt er und schnalzt mit der Zunge.

»Wie alt bist du eigentlich?«, frage ich Ping neugierig.

»Ich bin im Jahr des Schweins geboren«, sagt er.

»Und das ist?«, hake ich nach.

Ping schaut mich belustigt an: »Das heißt, ich bin 12.«

»Aha.« Ich bin etwas verlegen. Wie kann man alle Tierzeichen kennen und noch dazu mit dem Geburtsjahr verbinden? Die Chinesen können das alle – sie sind halt damit aufgewachsen.

»Warum nennen deine Freunde dich eigentlich ›Spy Kid‹?«, fällt mir plötzlich ein.

Bei dieser Frage kann Ping ein Grinsen nicht verbergen: »Weil ich mal einen Diebstahl in meiner Schule aufgedeckt habe.« Ohne gefragt zu werden, erzählt er weiter: »In meiner Klasse waren ein paarmal Pausensnacks verschwunden. Die Schule konnte aber den Täter nicht finden. Ich habe mir dann überlegt, dass es in der Mittagspause passiert sein muss. Da gehen wir nämlich alle nach Hause zum Mittagessen und lassen die Schulranzen unbeaufsichtigt im Klassenzimmer zurück. Es war auch immer nachmittags, wenn meine Freunde feststellten, dass ihre Sachen verschwunden waren. Also habe ich Papas Videokamera mitgenommen und mich in der Mittagspause unter dem Lehrerpult versteckt. Schon am nächsten Tag habe ich den Täter gesehen und ihn durch ein Loch im Lehrerpult aufgenommen. Du errätst bestimmt nicht, wer es war!!«

»Und, wer war es?«, frage ich gespannt. Ping scheint mit meiner Reaktion sehr zufrieden zu sein und antwortet grinsend: »Es war ein kleiner Affe!«

»Ein Affe?« Ich starre ihn erstaunt an.

»Ja! Aber nicht irgendein Affe, sondern ein Goldstumpfnasenaffe! Es gibt nur noch 1500 Exemplare von ihnen auf der Welt!«

Ich bin total baff.

»Wie kommt denn so ein kleiner Affe in eure Schule? Mit dem Bus ist es doch über eine Stunde bis zum Zoo.« Ich bin letzte Woche erst mit Lao Ye dahin gefahren. Es war total heiß und furchtbar eng im Bus, weil so viele Leute einstiegen. Aber Lao Ye meinte, es ist viel günstiger und umweltfreundlicher, mit dem Bus zu fahren als mit dem Taxi. Außerdem hat die Fahrkartenverkäuferin die Leute im Bus laut aufgefordert, Alte und Kinder sitzen zu lassen, und Lao Ye und ich bekamen sofort einen Platz.

Ping sagt: »Nein, der Affe kam nicht aus dem Zoo, sondern aus dem Forschungsinstitut gleich neben unserer Schule.«

»Dort, wo mein Lao Ye früher gearbeitet hat? Wie konnte er aus dem Institut abhauen und in die Schule gelangen?«, frage ich.

»Das weiß leider niemand so genau. Aber die Bananen und Äpfel in den Schultaschen meiner Mitschüler haben ihm auf jeden Fall so gut geschmeckt, dass er uns immer wieder mal besucht hat.« Ping kichert.

»Und hast du ihn dann eingefangen?«, will ich sofort wissen.

»Nein, nein«, antwortet Ping hastig. »Nachdem unser Schuldirektor das Forschungsinstitut angerufen hat, wurde sofort jemand geschickt. Der Affe kannte ihn wohl sehr gut, denn er hat sich ohne Zögern auf seine Schulter gesetzt und ist mit ihm zurückgegangen.«

»Hast du das Video noch?«, frage ich.

»Na klar. Als ich den Affen das erste Mal gesehen habe, sind mir meine Augen vor Staunen fast aus dem Kopf gefallen. Zum Glück habe ich trotzdem meine Videokamera geschnappt und alles aufgenommen.«

»Wie sieht der Affe aus? Ist er süß?«

»Und wie! Wenn du mich morgen besuchen kommst, zeige ich ihn dir.«

»Toll! Abgemacht!«

Dann fällt mir noch etwas ein. »Mag dein Opa deinen

Spitznamen nicht? Er sah etwas besorgt aus, als er den Namen gehört hat.«

Diesmal antwortet Ping nur oberflächlich: »Ach, die Erwachsenen machen sich doch immer zu viel Sorgen …«

Als wir zurück zu der Taiji-Gruppe kommen, erzähle ich Lao Ye und Meister Zhao begeistert, was los war.

»So kann man sich in Menschen täuschen«, murmelt Lao Ye kopfschüttelnd. »Unglaublich!«

Zu meiner Überraschung runzelt Meister Zhao die Stirn und sagt zu Ping: »Hast du die Taiji-Einstellung vergessen? Wir kämpfen nur, wenn wir müssen. Taiji soll die Gesundheit fördern und ist zur Selbstverteidigung da, nicht um damit anzugeben oder um sich zu prügeln. Du warst zu ungeduldig!«

Ich kann meinen Ohren kaum trauen. Warum schweigt Ping nur und hört respektvoll zu? Kann er plötzlich nicht mehr reden? Ich entgegne: »Warum schimpfst du Ping aus, Meister Zhao? Er hat mich doch gerettet. Er war super! Der andere Kerl war böse!«

Meister Zhao sagt ernsthaft: »Trotzdem darf Ping ihn nicht gleich wegschleudern. Wer stärker ist, muss nicht unbedingt recht haben.«

Ich erinnere mich, wie der böse Kerl meinen Arm festgehalten hat, und muss jetzt widerwillig den Kopf schütteln.

Meister Zhao sagt weiter: »Wer etwas Falsches macht, hat im Grunde Angst. Wenn viele Leute kommen und ihn beschimpfen, wird er seinen Fehler bemerken und flüchten. Ping hat gegen die Regeln verstoßen und soll jetzt zur Strafe 200-mal die Beine hochkicken.«

Ping versucht gar nicht erst, sich gegen den Vorwurf zu verteidigen, sondern fängt stattdessen schon an zu kicken. O.K., wenn Ping das so macht, will ich auch nicht mehr länger argumentieren. Aber ein richtiges Mädchen tut, was es tun muss. Also halte ich meine Tränen zurück, stelle mich neben Ping und fange an, die Beine hochzukicken.

Da staunen Meister Zhao und mein Lao Ye.

»Was machst du?«, fragen beide zugleich.

Ich sage: »Das war eigentlich alles meine Schuld. Wenn Ping meinetwegen bestraft werden muss, soll ich mit bestraft werden.«

Ich kicke weiter mit all meiner Kraft.

Meister Zhao und Lao Ye schauen einander an. Zu meiner großen Freude muss Ping jetzt grinsen und seine Augen strahlen wieder.

»Gut! So machen wir es«, sagt Meister Zhao kopfnickend. Dann huscht ein Lächeln über sein Gesicht.

Danach haben mir meine Beine den ganzen Tag wehgetan. Bei der Chang-Quan-Übung habe ich noch nie so viel kicken müssen. Aber Ping ist wieder gesprächig. Als wir zusammen nach Hause gehen, laufen wir extra langsamer als die anderen. Er versucht, mich zu trösten: »200-mal Kicken ist keine wirklich strenge Strafe. Ich musste einmal eine Stunde in der ›Ma Bu‹-Haltung, der Reiterstellung, verharren, weil ich in der ersten Klasse mit einem Jungen einen Kung-Fu-Wettbewerb gemacht habe …«

Bei der ›Ma Bu‹-Haltung muss man die Beine breit spreizen und tief in die Hocke gehen, die Kniegelenke genau 90 Grad anwinkeln und den Rücken gerade halten. Diese Haltung ist gar nicht so einfach, wie sie aussieht. Als Papa Tobi die ›Ma Bu‹-Haltung beibrachte, gelang es Tobi am Anfang nur, entweder seinen Rücken gerade zu halten oder seine Oberschenkel parallel zum Boden zu stellen. Sobald er beides gleichzeitig versuchte, kippte er einfach um.

»Hast du gegen den Jungen verloren?«, unterbreche ich Ping. Ich kann mir fast nicht vorstellen, dass ein anderer Junge besser Kung-Fu kann als Ping.

»Nein, ich habe gewonnen. Aber du hast doch meinen Opa gehört. Ich soll nicht angeben. Das ist auch eine seiner Taiji-Regeln.« Dann kichert Ping und meint: »Na ja, auf jeden Fall hat Opa damals ein Becken voll mit kaltem Wasser unter meinen Po gestellt. Wenn mein Po nach unten sank, wurde meine Hose nass. Das war wirklich hart! Aber inzwischen kann ich schon über eine Stunde in der ›Ma Bu‹-Haltung stehen. Manchmal übe ich die ›Ma Bu‹-Haltung sogar, während ich etwas für die Schule auswendig lernen muss. So spare ich viel Zeit.« Pings Stimme klingt wieder richtig selbstbewusst. Nichts wird ihn wirklich lange stören, denke ich.

»Findest du nicht, dass dein Opa zu streng ist?«, frage ich später.

»Nöh«, schüttelt Ping den Kopf. »Er ist eigentlich sehr nett, das wirst du noch merken. Übrigens war er es, der mich vorhin im Park zu dir geschickt hat. Er hat gemeint, dass ich ein bisschen auf dich aufpassen soll.«

Als ich unsere Wohnung betrete, kommt Meister Zhao gerade mit Lao Ye aus dem Arbeitszimmer. Als die beiden mich sehen, fragt Lao Ye mich: »Woher weißt du, dass Ping den Spitznamen ›Spy Kid‹ hat?«

»Ich habe es von den anderen Kindern gehört. Ping hat ein Tor geschossen und alle haben gejubelt. Die Kinder haben Ping sogar auf ihren Schultern getragen.«

»Aha.« Lao Ye nickt nachdenklich und dreht sich zu Meister Zhao: »Siehst du, alter Zhao. Die anderen Kinder scheinen ihn sehr zu mögen. Vielleicht ist es gar nicht böse gemeint, wenn sie ihn ›Spy Kid‹ nennen.«

»Ist es auch nicht«, sage ich. »Sie nennen ihn doch nur deshalb so, weil er einen Diebstahl in der Schule aufgedeckt hat. Den, mit dem Affen.«

»Aha, der kleine Affe aus deinem Institut!« Meister Zhao sieht plötzlich erleichtert aus: »Daran habe ich gar nicht mehr gedacht.«

»Ich glaube wirklich nicht, dass du dir um Ping Sorgen machen musst«, meint Lao Ye jetzt zu Meister Zhao. »Er ist doch immer so ein sonniger Junge.«

Sonnig? Kann man »sonnig« zu einem Jungen sagen?

Obwohl, wenn ich es mir genau überlege, passt der Begriff eigentlich super zu Ping.

Bevor Meister Zhao geht, fragt er mich, ob ich Taiji lernen möchte.

»Ich? Bin ich nicht zu jung für Taiji? Ich kann nur ein bisschen Chang Quan und die Mulan-Form.«

Aber da lächelt Meister Zhao leicht und sagt: »Die Mulan-Form ist doch eine Form von Taiji.«

»Oh!« Jetzt bin ich verwirrt.

»Du hättest die Mulan-Form vorhin auch anwenden können. Sie ist zwar eine sanfte Form, aber mit der Haltung ›Feuer Phönix trifft den Drachen‹ hättest du den bösen Kerl von dir wegschleudern können. Er mag zwar viel Kraft haben, aber er kennt kein Kung-Fu«, sagt Meister Zhao würdevoll.

»Aber auf der Mulan-DVD wurde nie gezeigt, dass die Bewegungen auch zur Selbstverteidigung genutzt werden können«, wundere ich mich jetzt laut.

»Man fängt normalerweise mit den Grundlagen des Kampfkunststils an. Dann lernt ein Schüler eine Form, eine genau einstudierte Sequenz aus mehreren Bewegungen. So kann man die Grundtechniken des Stils möglichst genau verinnerlichen, ohne dabei von der Anwendung im Kampf abgelenkt zu werden. Erst später wird die Anwendung der Techniken in den Vordergrund gestellt. Der Freikampf ist dann die letzte Stufe des Lernens«, meint Meister Zhao mit leichtem Lächeln. »Wenn du willst, zeige ich dir morgen, wie die Anwendung geht. Und ich denke, wenn du weiter so ausdauernd bist wie beim 200-mal-Kicken, wirst du irgendwann auch eine Taiji-Meisterin werden.«

»Wirklich?« Ich starre ihn mit einem merkwürdigen Herzklopfen an. Eine Taiji-Meisterin zu werden klingt wie ein Traum für mich.

»Aber ganz sicher!« Meister Zhao legt mir seinen Arm um die Schultern: »Also, bis morgen um 6:00 Uhr!«

Seit diesem Tag lerne ich Taiji von Meister Zhao. »Wir müssen mit den Grundlagen beginnen, vor allem mit den ›Chi‹-Übungen«, meint er.

»›Chi‹ bedeutet so viel wie Lebensenergie – der Fluss des Lebens, der uns alle speist. Wenn dein Chi richtig fließt, bleibst du gesund. Außerdem wird dann dein Taiji viel wirkungsvoller.«

Nach den Grundlagen übe ich die Mulan-Form und Meister Zhao erklärt mir die praktische Anwendung der Techniken, die in den einzelnen Bewegungen versteckt sind.

»Hast du aber ein Glück!«, sagt Papa am Telefon ziemlich neidisch, während ich mir meinen Muskelkater an den Beinen massiere. »Taiji zu üben erfordert viel Willensstärke, harte Arbeit und einen guten Shi Fu. Jetzt hast du selbst einen sehr guten Shi Fu gefunden und trainierst auch hart. Vielleicht kannst du mir auch etwas beibringen, wenn du zurück bist?«

»Na klar, lieber alter Papa«, antworte ich spaßig: »Ich werde dir zeigen, was ich gelernt habe. Es liegt mir doch im Blut.«

衷言逆耳
利于行

俗语

»Die unangenehmsten Wahrheiten
sind oft die nützlichsten.«

Chinesisches Sprichwort

Spy Kid

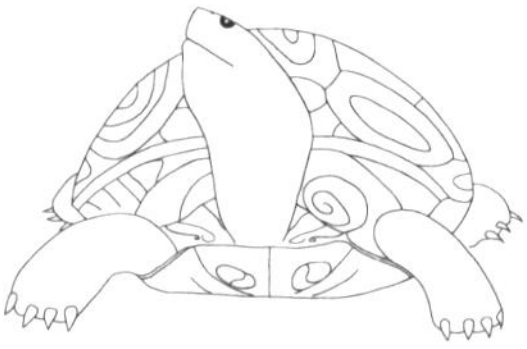

Nach dem Besuch von Meister Zhao frage ich Lao Ye: »Warum macht sich Meister Zhao Sorgen um Ping, Lao Ye?«

»Na ja, das ist nicht so leicht zu erklären«, antwortet Lao Ye ausweichend und wendet sich auch schon wieder einem Buch zu.

Ich habe noch so viele Fragen, aber diesmal will sie mir anscheinend niemand beantworten. Nicht mal Lao Lao. Was haben die Erwachsenen nur? Ich werde es wohl selbst herausfinden müssen, denke ich entschlossen.

Am nächsten Tag klingle ich bei der Wohnung Nr. 605. Nachdem ich eine ganze Weile warten muss, geht die Tür plötzlich auf und ein großer Junge steht vor mir. Sein Gesicht sieht ähnlich aus wie das von Ping, aber er ist sehr dünn und blass. Er schiebt sich die Brille ein bisschen nach oben und schaut mich fragend an.

»Ähm … ich bin Lisa. Ist Ping zu Hause?«, stammele ich.

»Lisa? Du bist das deutsche Mädchen von Familie Wang?« Er ist jetzt freundlicher: »Komm rein. Ping ist noch im Bad. Kannst du ein bisschen warten?«

»Klar, kein Problem.« Snow White springt plötzlich an mir hoch, stemmt mir ihre Pfoten auf die Brust und hechelt freudig. »Hey, Snow White!« Kichernd beruhige ich sie und gehe dann mit dem Jungen zusammen ins Wohnzimmer.

»Du bist das einzige Mädchen hier, das vor Snow White keine Angst hat.« Er lächelt.

Ich zucke mit den Achseln. »Na ja, da, wo ich wohne, gibt es sehr viele Hunde …«, versuche ich zu erklären, aber der Junge läuft schon weg.

»Ping, Lisa ist da!«, ruft er laut. »Ich musste schon die Tür für dich aufmachen! Werde endlich fertig!« Er klingt doch ziemlich ärgerlich.

Nun lässt er mich auf dem Sofa sitzen und verschwindet in seinem Zimmer. Seine Zimmertür bleibt einen Spaltbreit offen. Während ich Snow White streichle, kann ich noch seinen Rücken sehen. Auf seinem Tisch liegen riesige Stapel von Büchern. Als ich höre, was er beim Schreiben murmelt, vermute ich, dass er gerade für die Schule lernt.

Das Apartment von Meister Zhao sieht ähnlich aus wie Lao Yes, nur spiegelverkehrt. Ein wunderschöner Flügel steht neben zwei großen Bücherregalen. An der Wand, gleich über dem Klavier, hängt ein Foto von einer Frau in einem schicken Abendkleid, die gerade Klavier spielt. Sie sieht elegant aus und ist vollkommen in die Musik vertieft. Das muss Pings Mama sein.

Dann fällt mir die chinesische Malerei an der Wand auf. Ich weiß eigentlich nicht, ob ich es wirklich »chinesische« Malerei nennen soll. Es ist zwar mit Pinsel in chinesischem Stil gemalt, aber die Striche sind sehr kontrastreich gezogen – in kräftigem Rot, Blau, Gelb und Schwarz. Und es sind weder Pflanzen noch Tiere oder Landschaften abgebildet wie sonst meistens in den chinesischen Bildern. Es stellt … gar nichts dar! Aber gleichzeitig wirkt es so lebendig und frisch, als wären die Striche eben erst gezogen worden und die Farben noch nicht trocken. Das Bild erinnert mich an etwas, was mir sehr bekannt vorkommt. Aber was ist das?

»Hey, Lisa!« Endlich ist Ping fertig. Etwas verlegen führt er mich in sein Zimmer. Es ist mit Möbeln von IKEA eingerichtet und ich hätte glauben können, dass ich in dem Kinderzimmer einer meiner Freunde in Deutschland sitze.

Auf Pings Schreibtisch liegt ein weißes MacBook. Daneben stehen ein paar Bücher, ordentlich aufgereiht. Sonst nichts mehr. Die Bücher in den Regalen sind nach der Größe sortiert. Alles hat seinen Platz. Für das Zimmer von einem Jungen ist es ein bisschen zu ordentlich, finde ich.

»Das Bild in eurem Wohnzimmer – hast du das gemalt?«, frage ich Ping. Seine Haare sind noch immer ganz nass.

»Ich? Nein. Lei hat es gemalt, mein Bruder. Er kann sehr gut malen. Magst du auch abstrakte Kunst?«

Abstrakte Kunst? Nennt man solche Bilder so? Das Bild gefällt mir auf jeden Fall.

»Er ist dein Bruder? Er ist ganz anders als du.«

»Na ja, viele sagen das. Er redet nicht so viel wie ich. Er spielt kein Fußball. Er ist sehr gut in Malen, aber nicht in Mathe. Deswegen muss er jetzt ganz viel lernen. Die Vorprüfung für das Abitur ist schon nächsten Donnerstag. Mama hat gesagt, dass nichts sein Lernen stören darf. Er braucht nicht mal den Abfall wegzubringen!« Ping zieht seine linke Augenbraue hoch.

»Muss er auch gut in Mathe sein? Er kann doch schon so toll malen.« Aber Ping behauptet: »Na klar! Wenn man Arzt werden möchte oder irgendeinen anderen guten Beruf haben will, muss man in allen Fächern gut sein. Der Durchschnitt aller Noten des Abiturs entscheidet, in welche Uni man später gehen darf.«

Nach eine kleine Pause sagt er mir: »Weißt du, der Trick ist, solange du gute Noten hast, darfst du dir auch Zeit für andere Sachen nehmen. Zum Beispiel: Fußball.«

»Das heißt, du hast immer gute Noten?«, frage ich.

»Na ja, im Moment zumindest läuft es noch ganz gut. Ich gehöre immer zu den drei besten Schülern in der Klasse«, sagt Ping nun etwas nachdenklich.

Ich schaue ihn bewundernd an. Seit der dritten Klasse bekomme ich in der Schule in fast allen Fächern eine Zwei, ganz selten eine Eins oder eine Drei. Papa sagt, die konstante Zwei zeigt Zuverlässigkeit. Aber Mama meint, dass ich schusselig bin und später lieber keine Buchhalterin werden sollte.

»Ist deine Mama Pianistin?«, frage ich neugierig.

»Nee, sie war. Sie unterrichtet jetzt Musik an der Tai-Ping-Grundschule. Früher hat sie mal Konzerte gegeben, aber dann hatte sie einen Autounfall und ihre Finger wurden verletzt.« Ping senkt die Augen.

Ich halte meinen Atem an: »Wie ist es passiert?«

»Ich weiß es nicht genau. Ich war erst vier und keiner möchte mit mir darüber sprechen.«

»Kann sie ... kann sie noch Klavier spielen?«, stammele ich ein bisschen unsicher.

»Sie kann noch spielen, aber sie meint, es wird nie wieder so wie früher.«

Das Thema ist mir irgendwie unangenehm. Ich frage lieber etwas anderes ...

Aber zu meiner Frage nach »Spy Kid« möchte Ping auch nichts sagen. Stattdessen will er etwas von mir wissen: »Kennst du vielleicht jemand aus der deutschen Fußballmannschaft?« Seine Augen leuchten wieder.

»Natürlich nicht!« Ich verdrehe die Augen.

»O.K., man kann doch mal fragen ...« Ping ist etwas verlegen. Tja, und mir fällt nun auf, dass in Pings Zimmer überall Fotos von Fußballmeisterschaften hängen. Wie bei Max!

»Magst du jetzt das Video von dem kleinen Affen sehen?«, schlägt Ping vor – und schon bin ich wieder abgelenkt.

Am nächsten Tag besucht Ping mich bei meinen Großeltern. Lao Lao hat für uns grüne Bohnensuppe mit braunem Zucker gekocht und sie in den Kühlschrank gestellt. Es ist ein typisch chinesisches Gericht – und außerdem sehr gut gegen die Hitze.

»Was hast du?«, fragt Ping, nachdem er zwei Schüsseln Suppe getrunken hat. »Bist du traurig? Hast du Heimweh?« Er hat schon fast eine halbe Stunde lang nur über seinen Lieblingsfußballer Michael Ballack geredet und nun endlich gemerkt, dass ich ihm nicht richtig zugehört habe.

»Nein!«, antworte ich mürrisch und gebe den Schildkröten ein paar Würmer.

»Wirklich? Du machst ein Gesicht wie drei Tage Regenwetter.« Ping lacht. Aber das finde ich überhaupt nicht lustig.

»Ich bin nicht traurig. Es ist nur … heute ist mein Geburtstag und ich glaube, Lao Lao und Lao Ye haben ihn vergessen.«

Na ja, dass hier Geburtstage nicht so wie in Deutschland gefeiert werden, habe ich ja gewusst. Aber es hat mir nicht mal jemand gratuliert! Wenn ich in Deutschland wäre, hätte Mama meine Freunde eingeladen und eine große Geburtstagsparty veranstaltet. Auf dem großen Tisch im Wintergarten würde eine weißgoldene Tischdecke liegen. Luftballons, Kerzen, Geburtstagstorte, Spaghetti mit Würstchen und witzige Spiele …

Seit ich in China bin, rufen mich Papa und Mama eigentlich oft an, aber ausgerechnet heute hat das Telefon noch nicht geklingelt. Vielleicht haben sie es auch vergessen?

»Wirklich? Du hast Geburtstag? Warum hast du mir das gestern nicht gesagt? Aber ich gratuliere dir – alles Gute!«, sagt Ping. »Warum sagst du das deiner Lao Lao und deinem Lao Ye denn nicht?«

»Hast du nicht die Nachrichten im Fernsehen gesehen? Ein Bauer in Chengdu hat einen Pandabär gefunden und der Panda ist verletzt. Der Pekinger Zoo hat Lao Ye angerufen und um Rat gefragt. Seitdem ist Lao Ye sehr beschäftigt. Er macht sich Sorgen um den Bären, wälzt ständig Bücher und telefoniert mit anderen Experten. Er hat doch gar keine Zeit für mich.«

»Ach ja? Das ist natürlich auch wichtig.«

Ich muss ihm recht geben. Lao Ye hat früher die Wasserressourcen für Pandas untersucht und ist ein Panda-Experte. Darauf bin ich sehr stolz.

»Kann *ich* vielleicht etwas für dich tun?«, fragt Ping sehr herzlich.

»Was kannst du schon machen? Vergiss es.« Ich habe heute wirklich keine gute Laune.

Ping kratzt sich am Kopf. »Eis? Ich lade dich zum Eisessen ein. Was hältst du davon? Der Eiswagen müsste demnächst vorbeikommen.«

Eisessen? Das wäre eine gute Idee an so einem heißen Tag. Außerdem müssten wir gar nicht mal rausgehen: Als wir letztes Mal bei Ping zu Hause die Glocken des Eiswagens gehört haben, hat Ping einfach einen Eimer an einem langen Seil befestigt, Geld und einen Zettel mit unserer Eisbestellung hineingelegt und ihn dann am Fenster zum netten Eisverkäufer hinuntergelassen. Der legte Eis und Wechselgeld rein, und das war's. Das ist eigentlich ziemlich witzig, aber irgendwie habe ich heute zu überhaupt nichts Lust. Ich schüttle den Kopf.

»Nicht mal Eis essen?« Ping starrt mich an: »Irgendwas muss es doch geben, was ich für dich tun kann. Sag' es mir einfach und ich mache es.«

»Wirklich?«

»Versprochen!«

»O.K., dann sag mir bitte, warum dein Opa deinen Spitznamen ›Spy Kid‹ nicht mag.« Ich schaue ihn auffordernd an.

»Ach das ... das kannst du noch nicht verstehen ...«

Diese Antwort habe ich schon erwartet. »Ich bin jetzt schon zehn Jahre alt! Alle denken immer noch, dass ich ein Baby bin! Außerdem hast du es mir versprochen!«

Ping seufzt: »Na gut, wenn es dich glücklicher macht ...« Pings Stimme wird ernst: »Erinnerst du dich noch an SARS? Das ist eine Krankheit, die sehr ansteckend und gefährlich ist. Sie war in China stark verbreitet und viele hatten Angst vor ihr.«

»Ja, ich weiß, was SARS ist.« Wie sollte ich das vergessen? Meine Schule war damals lange Zeit geschlossen. Auch Papa und Mama haben meistens nur zu Hause gearbeitet. Wir sind kaum rausgegangen – und wenn doch, dann alle nur mit Mundschutz. Viele waren damals krank in Peking.

Ping fährt fort: »Mein Papa war damals der Chefarzt des großen Krankenhauses und er hat einem englischen Journalisten die Anzahl der SARS-Patienten in Peking mitgeteilt.«

Ich warte darauf, dass Ping weitererzählt, aber er schweigt nun. »Na und? Erzähl weiter!«

»Das war's.«

»Wie, das war's? Mein Papa wurde auch mal von einem Journalisten interviewt. Und er hat ihm die Anzahl der Maschinen gesagt, die seine Firma von Deutschland nach China exportiert hat. Na und?«, sage ich unbeeindruckt.

Ping seufzt wieder: »Ich habe ja gesagt, dass du es nicht verstehen wirst … Nun, gut. Manche Leute waren jedenfalls der Meinung, dass Papa mit Ausländern nicht über so etwas Negatives reden sollte, da ausländische Journalisten dann schlecht über China berichten würden. Und wenn die Ausländer ein schlechtes Bild von China bekommen, reisen sie vielleicht nicht mehr hierher und kaufen nicht mehr unsere Waren. Sie meinten, mein Papa hätte sich besser überlegen sollen, ob er in diesem Fall wirklich die Wahrheit sagen kann.«

»Was für ein Quatsch!«, schüttle ich den Kopf. »Meine Eltern sagen immer, dass man die Wahrheit sagen soll.« Dann habe ich es plötzlich verstanden: »Meinen die anderen, dass dein Papa ein Spion ist?«

Bei diesem Gedanken wird mir ganz schwindlig. Ich bin zutiefst entsetzt und rufe laut: »Das ist doch unfair!!«

Gestern erst habe ich Pings Papa getroffen. Er trägt eine Brille wie Lei und hat mich sehr lieb begrüßt. Er ist dann gleich in Leis Zimmer gegangen und ich habe noch gehört, wie er Lei ermuntert hat: »Weiter so, mein Sohn. Nur noch zehn Punkte mehr! Wenn du bei der nächsten Prüfung zehn Punkte mehr bekommst, dann hast du es schon geschafft!« Spion? Wie können sich die Leute so einen Blödsinn ausdenken?

Ich bin sehr wütend, doch Ping bleibt ganz ruhig und sagt: »Ich glaube nicht, dass alle so denken. Viele Onkel und Tanten im Compound haben zu mir gesagt, dass mein Papa ein guter Mann ist. Er hat nichts falsch gemacht. Mein Papa hat mir gesagt, dass wir den anderen mehr Zeit lassen sollen. Sie werden später auch verstehen, dass es das Beste ist, die Wahrheit zu sagen.«

Bevor ich und Ping weiterreden können, stürmt Lao Ye plötzlich aus dem Arbeitszimmer heraus und ruft aufgeregt: »Der Panda ist jetzt angekommen! Ich muss in den Zoo. Lisa und Ping, möchtet ihr mitkommen?«

»Jaaah!« Ping und ich springen gleichzeitig auf.

Vor dem Gebäude wartet schon ein BMW, ausgestattet mit Rotlicht und Alarmsirene – wie ein chinesischer Polizeiwagen. Als das Auto über die zehnspurige Chang'an Straße saust, flüstert Ping in mein Ohr: »Geil! So schnell bin ich in Peking noch nie gefahren! Wenn *ich* meinen Geburtstag so verbringen könnte, wäre ich total zufrieden.« Er schaut aufgeregt durch das Fenster. Viele Autos fahren zur Seite und machen Platz für uns.

Ping scheint nicht länger an unser Gespräch von vorher zu denken. »Wie hat der Bauer den Panda gefunden?«, will er von Lao Ye jetzt wissen.

Lao Ye sagt: »Ich glaube, der Panda hatte großen Hunger und wollte eine Ziege des Bauern fressen. Er hat versucht, über den Zaun zu klettern, und hat sich dabei verletzt.«

»Aber der Panda frisst doch nur Bambus!« Das glaube ich jedenfalls.

Lao Ye erklärt jedoch: »Pandas fressen ganz viel Bambus, aber nicht nur. Ihr wisst ja, dass die Vorfahren der Pandas schon vor ungefähr zwei Millionen Jahren lebten, und damals haben sie meistens Fleisch gefressen. Sie waren genauso mächtig wie andere Bären. Die meisten Tiere jener Zeit sind schon lange ausgestorben, aber die Pandas haben überlebt und sind fast ganz Vegetarier geworden. 99 Prozent ihrer Nahrung besteht aus Bambus. Doch sie fressen auch Bambusratten oder kleine Tiere wie Ziegen. Im Zoo geben wir den Pandas jeden Tag ein bisschen Hackfleisch.«

»Heißt das, dass Pandas eigentlich auch gut kämpfen können?«, fragt Ping neugierig. »Sie sehen doch immer so niedlich und lieb aus.«

»Aber ja!«, gibt Lao Ye Ping sofort recht. »Deswegen sollt ihr im Zoo auch vorsichtig sein. Wenn du einen Panda richtig ärgerst, kann er sehr gefährlich werden.«

Plötzlich fällt mir etwas ein: »So ein Panda ist wie ein Taiji-Meister: Er nutzt seine Kampfkunst nur, wenn jemand echt böse zu ihm ist. So wie Meister Zhao!«

Ping lacht und sagt: »Hej, dann kennt mein Opa vielleicht auch eine Panda-Taiji-Form. Danach muss ich ihn unbedingt mal fragen.«

Jetzt lacht Lao Ye ebenfalls.

每一次相遇
皆为天赐之
偶然

»Eine Begegnung ist die Frucht des himmlischen Zufalls.«

Chinesisches Sprichwort

Zhen Zhen, der Panda

Das Panda-Forschungszentrum liegt direkt hinter dem Pekinger Zoo. Es sind hier keine Besucher zugelassen und daher ist es viel ruhiger. Bevor Lao Ye ins Labor verschwindet, stellt er uns eine Kollegin vor. »Das ist Tante Su. Sie kann euch bestimmt etwas zeigen, während ihr hier auf mich wartet«, sagt Lao Ye.

Tante Sus Blick bleibt an meinem Gesicht hängen und plötzlich lächelt sie mir zu: »Du bist doch das Mädchen, das allein neben mir im Flugzeug saß!«

Ich kann es kaum fassen! Ich habe sie nicht sofort erkannt, weil ihre Haare jetzt nur noch bis zu ihren Schultern reichen.

»Hast du deine Haare kürzer schneiden lassen? Sie waren so schön!« Es rutscht mir einfach heraus.

Tante Su fährt sich mit den Fingern durchs Haar und sagt: »Ich glaube, ich lass' sie wieder wachsen. Vielleicht nach dem Praktikum in Peking …«

Nun fällt mir ein, dass ich mich eigentlich noch bei ihr bedanken wollte: »Danke, Tante Su, dass du dich im Flugzeug um mich gekümmert hast.«

»Keine Ursache«, lacht sie. »Kommt mit, nun möchte ich euch die großen Bärenkatzen, die Pandas zeigen.«

Oh, die Pandas sind wirklich süß! Die schwarzen Ringe um ihre Augen sehen aus wie eine Sonnenbrille.

»Hier ist das Babyzentrum und die beiden dort drüben sind Zwillinge«, sagt Tante Su und zeigt auf zwei Panda-Babys. »Sie sind erst vergangene Woche auf die Welt gekommen und haben bei ihrer Geburt nur 100 Gramm gewogen, das ist nicht mehr als ein Apfel.«

Wir können die Panda-Babys durch eine Glasscheibe beobachten. Hineingehen dürfen wir nicht ins Zimmer, denn das ist nur den Betreuern erlaubt.

Die kleinen Pandas liegen im Moment noch in Spezialbetten. Als mein kleiner Bruder Ricky geboren wurde, habe ich Mama im Krankenhaus besucht und dort ähnliche Betten gesehen.

»In diesen Betten herrscht immer eine Temperatur von etwa 24 Grad«, erklärt uns Tante Su, »damit es die Babys schön warm haben.«

Ein Mitarbeiter füttert jetzt eines der beiden Panda-Babys mit einer Milchflasche und das Panda-Baby trinkt mit geschlossenen Augen. Wie süß!

Ich würde so gerne einmal den kleinen Panda im Arm halten.

Tante Su kann anscheinend meine Gedanken lesen: »Möchtest du vielleicht mal ein Panda-Baby im Arm halten?«, fragt sie mich.

Mein Herz schlägt wie wild. »Ja, bitte!!«, rufe ich laut. Ping hält mir sofort meinen Mund zu und sagt: »Pst!«

»Ping hat recht«, lacht Tante Su. »Hier im Babyzentrum müsst ihr ganz leise sein. Ich zeige euch jetzt noch einen anderen Panda. Er ist zwar schon drei Monate alt, aber immer noch ein Baby.«

Tante Su macht eine Tür auf und – da ist er. Auf einem Bambusbett liegt das kleine kuschelweiche schwarz-weiße Tier. Diesmal hebt Tante Su den Panda hoch und legt ihn vorsichtig in meinen Arm. Er zappelt ein bisschen und quiekt plötzlich laut. Ich halte ihn so zärtlich, wie ich kann. Dann schaue ich ihm in die Augen und sage ganz leise: »Hallo, du!«

Der Panda hört auf zu quieken und riecht neugierig an meiner Hand. Dann fängt er an, meine Finger zu lecken. Er mag mich! Ich streichle sein weiches Fell. Er ist so hübsch und so warm!

Ping wird schon ungeduldig. »Darf ich ihn auch mal halten?«, fragt er mich.

Ich gebe ihn vorsichtig Ping und sehe gerade, dass Lao Ye hereinkommt.

»Ist der verletzte Panda wieder gesund?«, will ich sofort von ihm wissen. Lao Ye streichelt meinen Kopf und lächelt: »So schnell geht das nicht, Lisa. Aber ich glaube, schon in einem Monat kann er wieder nach Hause!«

»Das ist toll, du bist echt super, Lao Ye!« Ich bin überglücklich. »Guck mal, Lao Ye, wir dürfen den kleinen Panda halten!«

»Das sehe ich«, lacht Lao Ye. »Willst du ihm vielleicht einen Namen geben?«, fragt er mich.

Ich kann meinen Ohren kaum trauen. »Darf ich das wirklich?«

»Natürlich darfst du, das ist doch jetzt dein Panda«, sagt Tante Su.

»Mein Panda?«, wiederhole ich staunend.

»Weißt du es denn nicht?«, sagt Tante Su nun auch erstaunt. »Also, dein Opa hat diesen Panda für dich einen Monat lang adoptiert. In diesem Monat darfst du dich um ihn kümmern und ihn so oft besuchen, wie du möchtest.«

Lao Ye sagt: »Alles Gute zum Geburtstag, Lisa! Ich habe dich vorher nicht gefragt, aber ich glaube, dieses Geburtstagsgeschenk wird dir bestimmt gefallen.«

»Und wie! Das ist das beste Geburtstagsgeschenk überhaupt! Danke, Lao Ye!«, rufe ich, nachdem ich ihm um den Hals gefallen bin. Lao Lao und Lao Ye haben meinen Geburtstag gar nicht vergessen! Es sollte eine Überraschung sein!

Als ich den Panda wieder im Arm halte und streichle, sagt Lao Ye: »Am liebsten hätte ich den Panda noch länger für dich adoptiert.« Das klingt fast wie eine Entschuldigung. Typische chinesische Bescheidenheit, denke ich und antworte sofort: »Das macht doch nichts, Lao Ye. Ich bin sowieso nur einen Monat hier. Wie gefällt dir der Name Zhen Zhen?«

Zhen ist ein Bestandteil meines eigenen chinesischen Vornamens. Wie sich der zusammensetzt, ist in unserem Familienbuch bereits festgelegt. Mein Ururuропа war ein Dichter und Provinzgouverneur. Und dieser Urururopa hat ein berühmtes Gedicht geschrieben. Dieses Gedicht steht nun in unserem Familienbuch und jeder Erwachsene in unserer Familie kennt es auswendig. Wenn ein Baby in der Familie geboren wird, bildet sich sein Vorname immer aus einem bestimmten Schriftzeichen aus diesem Gedicht und aus einem weiteren, das die Eltern selbst aussuchen dürfen. In meiner Generation ist das Wort »Zhen«, 真, aus dem Gedicht dran. Meine Mama findet »Zhen« sogar so toll, dass sie dieses Schriftzeichen gleich zweimal genommen hat: Wang Zhen Zhen – so heiße ich im Chinesischen, denn der Vorname steht dort immer hinten.

»Ein schöner Name. ›Zhen Zhen‹ heißt ›Wahrheit‹. So nennen wir den kleinen Panda jetzt! Zhen Zhen!«, sagt Lao Ye sichtlich zufrieden.

Zhen Zhen liegt nun bequem in Pings Armen und spitzt seine Ohren. Hat er mitbekommen, dass er nun einen Namen hat? Er sieht aus, als würde er sich freuen.

Bevor wir gehen, bedankt Tante Su sich noch bei mir: »Wie schön, dass du Zhen Zhen adoptiert hast. Mit dem Geld können wir noch mehr Bambus für die Pandas pflanzen und weitere Forschungsprojekte durchführen.« Dann dürfen Ping und ich noch einmal mit Zhen Zhen schmusen. Am liebsten würde ich ihn mit nach Hause nehmen, aber Tante Su und Lao Ye meinen beide, dass es besser ist, wenn er im Forschungszentrum bleibt. Das glaube ich eigentlich auch.

»Tante Su spricht wirklich sehr gut Chinesisch. Stimmt's, Lisa?«, fragt Lao Ye mich später im Taxi.

»Was meinst du, Lao Ye? Natürlich spricht sie gut Chinesisch. Sie ist doch Chinesin.«

»Haha, Lisa. Deine Augen haben dich getäuscht. Weißt du nicht, dass sie Deutsche ist? Sie ist wie du in Deutschland geboren und aufgewachsen. Nur ihre Eltern sind beide Chinesen.«

Ach, ich hätte im Flugzeug mit Tante Su auf Deutsch reden können. Sie hat vielleicht auch gedacht, dass ich nur Chinesisch sprechen kann. Lao Ye sagt amüsiert: »Ihr beide, du und Tante Su, seid wie Bananen. Außen gelb, innen weiß!«

»Bananen?« – Ping und der Taxifahrer müssen lachen. Ich finde das zwar nicht so lustig, aber ich weiß, dass es nicht böse gemeint ist.

Statt nach Hause fährt das Taxi in eine andere Richtung.

»Da heute dein Geburtstag ist, machen wir noch einen kleinen Ausflug«, sagt Lao Ye.

Nach über einer Stunde Fahrt sind wir von Bergen umgeben. Der Fahrer hat die Fenster geöffnet.

»Wie schön und ruhig es hier draußen ist – weit weg von der großen Stadt«, meint Lao Ye und atmet tief ein.

»Die Luft ist so klar wie in Deutschland!«, sage ich stolz.

Hier in den Bergen ist es überall grün. Plötzlich merke ich, wie ich die grüne Wiese und den Silberbach hinter unserem Haus in Deutschland vermisse …

Ein paar Bauern weichen zur Seite, um unser Taxi vorbeizulassen. Sie schauen uns erst teilnahmslos an, wirken dann jedoch erfreut, als Lao Ye ihnen zuwinkt. Ihre Arme und Gesichter sind braun gebrannt. Eine Frau trägt ein kleines Kind auf dem Rücken. Es ist eingewickelt in ein buntes Tuch und schläft.

Schließlich kommen wir zu einem Hotel, vor dem Tante Bin schon auf uns wartet. Anders als die meisten Hotels in der Großstadt hat dieses Hotel einen riesengroßen Garten und keines der Gebäude ist höher als vier Etagen. Im Garten gibt es sechs unterschiedliche Heilquellen. Tante Bin arbeitet hier und kennt das Hotel wie ihre Westentasche. Sie erzählt uns, dass jede Heilquelle einen anderen Heilungseffekt hat. Die Heilquelle mit grünem Wasser ist sehr effektiv gegen Gelenkentzündungen und die Farbe entsteht durch das Beimischen von Tannennadeln. Eine andere Quelle, in der Rosenblüten auf dem Wasser schwimmen, ist gut für die Schönheit.

»Im Winter wird das Wasser warm gehalten, sodass man draußen baden kann«, erklärt Tante Bin lächelnd.

Die coolste Heilquelle ist eine mit vielen kleinen Fischen drin. Ein paar Herren liegen gerade im Wasser und lassen sich von den Fischen umschwärmen und »küssen«. Kranke, schuppende Hautstellen sollen auf diese Art und Weise einfach von den Fischen weggeknabbert werden. Ich kann es kaum glauben: Knabberfische – wie kitzelig, denke ich.

Tante Bin hat für uns einen Tisch im Restaurant bestellt, direkt am Fenster mit herrlichem Blick auf die Berge. Zu meiner Überraschung sitzen bereits Lao Lao, Mi Mi und Meister Zhao am Tisch. Sogar Lei ist mit dabei.

»Danke, dass du uns alle eingeladen hast, Lisa«, sagt Meister Zhao zu mir. Bevor ich etwas erwidern kann, springt Tante Bin ein: »Aber bitte, Meister Zhao. Und dass Lei mitgekommen ist, freut uns besonders. Er muss auch mal etwas anderes machen als Lernen. Niemand kann den ganzen Tag büffeln.«

»Das meine ich auch«, sagt Meister Zhao. »Die Kinder heutzutage müssen alles können und alles lernen.«

Tante Bin dreht sich zu Lei: »Du willst bestimmt später mal an der Kunstakademie studieren, oder?«

Leis Augen leuchten. Aber nur ganz kurz. So kurz, dass ich mir nicht sicher bin, ob ich es wirklich gesehen habe. Dann sind die Augen wieder von einem Schatten überzogen. Meister Zhao antwortet für Lei: »Schon. Aber seine Eltern möchten, dass er die Medizinische Universität in Peking besucht. Das ist die beste Medizinische Universität Chinas …«

»Leis Mama ist doch selbst eine Künstlerin. Sie kann doch nicht so ›altmodisch‹ sein.« Beim Wort altmodisch macht Tante Bin mit den Fingern Anführungszeichen in die Luft.

»Ja. Aber trotzdem meint sie, dass Malen kein richtiger Beruf ist«, seufzt Meister Zhao. »Sie hat es auch nicht leicht. Vor allem nach dem Autounfall …«

Meister Zhaos Stimme macht mich irgendwie traurig. Und wenn mich etwas traurig stimmt, versuche ich lieber, an etwas Schönes zu denken.

Ich schaue mich um: Es gibt viele ausländische Gäste hier. Eine Gruppe Deutscher sitzt nicht weit von uns entfernt. Eine deutsche Frau hat gerade auf dem Nachbartisch einen Feuertopf entdeckt. Angeregt wird diskutiert, was das wohl für ein Essen ist. Zum Schluss holen sie eine Kellnerin und fragen auf Englisch, ob in dem Feuertopf Rindfleisch oder Schweinefleisch ist.

»No, this is no pork and no beef«, antwortet die Kellnerin langsam und nachdenklich. Offensichtlich fällt ihr der englische Name des Fleisches im Moment nicht ein.

»Is this fish?« Die deutsche Frau faltet jetzt beide Hände zusammen und schwimmt mit den Händen vorwärts wie ein Fisch.

»No«, sagt die Kellnerin wieder.

»Or rabbit?« Die deutsche Frau hält ihre beiden Hände an den Kopf und schnüffelt mit der Nase wie ein Hase. Die anderen deutschen Gäste fangen an zu lachen.

»No«, verneint die Kellnerin noch einmal. Ich merke, dass sie verzweifelt versucht, sich an den Namen zu erinnern und dabei langsam in Panik gerät. Schnell sagt sie zu ihren Gästen: »Wait a minute, please!«, und verschwindet in die Küche.

Nach ein paar Sekunden kommt die Kellnerin wieder zurück. Sie hält irgendetwas in der Hand. Als das »Etwas« plötzlich laut »Quak« macht, merke ich, dass es ein riesiger Frosch ist.

»Ah, Frosch!«, rufen die deutschen Gäste entsetzt. Eine Frau aus der Gruppe springt kreischend auf. »Oh, du meine Güte!«, ruft sie dabei laut.

»Oh yes! Frog!«, lächelt die Kellnerin jetzt höflich: »It's frog. A special Sichuan food. Very hot!« Also eine Spezialität aus Sichuan. Sehr scharf!

Jetzt lachen alle im Restaurant, sogar die deutschen Gäste. Mi Mi fällt vor Lachen beinah vom Stuhl und manch anderem schießen schon Tränen in die Augen. Nur Tante Bin runzelt die Stirn und stottert ein paar unverständliche Worte.

Ping drückt mir ein Blatt Papier in die Hand. »Schau dir das mal an …«, sagt er lachend und klopft Lei anerkennend auf die Schulter. Der grinst jetzt über das ganze Gesicht. Für einen Augenblick sehen sich die beiden wirklich sehr ähnlich.

Auf dem Bild ist die Szene von vorher zu sehen: Viele überraschte Gesichter umringen einen dicken Frosch, der in der Hand einer lächelnden Kellnerin sitzt. Der Frosch hat große, aufgeblasene Augen. Eine Sprechblase lässt ihn gerade sagen: »Entschuldigung vielmals, aber ich spreche kein Englisch, Quak!«

Oje, jetzt tut mein Bauch vor lauter Lachen richtig weh. Wie hat Lei es nur geschafft, diese ganze Szene so schnell und so lebendig festzuhalten?

Dann tragen zwei Kellner eine große Geburtstagstorte aus der Küche und stellen sie mitten auf unseren Tisch.

»So eine große Torte schaffen wir doch gar nicht«, sagt Lao Ye zu Tante Bin.

»Den Rest können wir auch mit nach Hause nehmen und morgen weiteressen. Außerdem geht das auf meine Rechnung. Mach dir keine Sorgen«, antwortet Tante Bin unbekümmert.

Später, als Lao Ye auf die Toilette gegangen ist, erzählt mir Tante Bin, dass die Generation von Lao Ye die »drei bitteren Jahre« schlimmster wirtschaftlicher Not erlebt hat. Das war die Zeit von 1959 bis 1961, als über 30 Millionen Chinesen an Hunger gestorben sind. Für meine Großeltern ist deshalb die Verschwendung von Essen so schlimm wie eine Straftat.

»Warum lassen die anderen eigentlich so viel auf ihren Tellern liegen?« Ich zeige auf den Tisch neben uns.

Tante Bin rollt die Augen. »Das war bestimmt kein einfaches Familienessen. Viele Gastgeber bestellen vor allem bei großen Geschäftsessen eine riesige Auswahl an Speisen.

Damit wollen sie ihren Gästen Respekt erweisen und die Basis für eine gute Geschäftsbeziehung schaffen. Aber das ist echt dumm: Man könnte die übrig gebliebenen Speisen doch mitnehmen und später essen.«

»Oder einfach nicht so viel bestellen«, erklingt plötzlich Lao Yes Stimme hinter uns.

»Ups!« Tante Bin ist rot geworden. Doch da alle, auch Lao Ye, lachen, lacht sie schließlich fröhlich mit – wenn auch mit roten Wangen.

Als ich die Kerzen auf dem Kuchen mit voller Kraft ausblase, lächelt auch Lei glücklich. Ich schließe meine Augen und wünsche mir ganz doll, dass viele Bambusse gepflanzt und viele Panda-Babys geboren werden. Und mein Zhen Zhen gesund bleibt und schnell wächst.

海内存知己
天涯若比邻

王勃

»Auch wenn gute Freunde
weit voneinander entfernt leben,
bleiben sie sich im Herzen doch nahe.«

Wang Bo (650–686 n. Chr.)

Onkel Peter und Sophie

»In den Bergen habe ich ganz viele Sterne am Himmel gesehen – wie zu Hause!«, berichte ich Mama am nächsten Tag. Sie sagt daraufhin: »Und ich habe in deiner Hängematte gelegen und auch die glitzernden Sterne betrachtet. So, wie du das immer machst. Ich habe dabei an dich gedacht, Lisa. Alles Gute zum Geburtstag!«

Als ich Mama sage, dass Onkel Peter mich eben angerufen hat und mit mir einen Tag in seinem Lieblingspark verbringen will, klingt Mama überrascht: »Ich dachte, Peter hat im Moment gar keine Zeit für dich.«

»Warum denn nicht?«, frage ich neugierig. »Onkel Peter hat doch immer Zeit für mich!«

Als wir noch in Peking wohnten, hat er oft stundenlang mit mir und meinen Freunden gespielt, während sich die anderen Erwachsenen miteinander unterhalten haben.

Mama antwortet: »Normalerweise ja. Aber Onkel Peter

und Tante Hong bekommen bald ein Baby und du weißt ja, was das bedeutet.« Oh, natürlich weiß ich das: Windeln, Milchflasche, Babyspielzeug, Kinderwagen ... Als Ricky geboren wurde, hatten Papa und Mama plötzlich für mich nur noch wenig Zeit. Und Mama war monatelang müde. Aber dafür habe ich jetzt einen kleinen Bruder, den ich total vermisse.

Als Onkel Peter mich an der U-Bahnstation sieht, strahlt er über das ganze Gesicht.

»Hallo, auf den Kopf!«, ruft er mir zu.

»Hallo, auf die Nase!«, rufe ich lachend zurück. So begrüßen wir uns schon, seit ich klein bin. Ich habe mir die Begrüßung einmal ausgedacht und Onkel Peter findet sie lustig.

Er hebt die Hand zum High Five und ich schlage mit voller Kraft ein.

»Mensch! Bist du aber gewachsen! Bald wirst du mich überholen«, fügt er noch hinzu. Mit der Größe hat er allerdings nicht übertrieben, denn ich bin fast die Größte in meiner Klasse.

Onkel Peter ist ein Weltenbummler wie ich. Sein Papa ist Engländer und arbeitete als Diplomat in Peking, als Onkel Peter ein Kind war. Onkel Peter spricht perfekt Chinesisch, weil er damals in eine chinesische Schule ging. Zu jener Zeit gab es noch nicht so viele Ausländer in Peking wie jetzt und er war der einzige kleine blonde Junge mit blauen Augen in seiner Schule. Nach dem Studium in London kehrte er nach China zurück und dreht seitdem Dokumentarfilme über China.

Mama meint, Onkel Peter kann unglaublich gut mit Menschen umgehen, genauso wie Papa unglaublich gut mit wissenschaftlichem Wissen. Einmal hat er sogar den Fahrer eines Militärfahrzeugs überzeugen können, das Filmteam zu einer geheimen Goldmine zu fahren, die mitten in einem Sperrgebiet lag.

Onkel Peter richtet mir liebe Grüße von Tante Hong aus. »Sie wollte gerne mitkommen, aber sie geht kaum noch aus dem Haus, da ihr Bauch jetzt schon so groß ist wie meiner!« Dabei zeigt er auf seinen dicken Bauch und macht ein lustiges Gesicht.

Ich muss sofort lachen.

Seine tolle Kamera, die er wie immer um den Hals trägt, »steht« jetzt fast auf seinem Bauch. Als Onkel Peter noch auf der Chinesischen Mauer Marathon gelaufen ist, war er richtig schlank und fit. Aber danach hat er jedes Mal, wenn ich ihn wiedergesehen habe, ein bisschen mehr zugenommen.

»Schade, dass Tante Hong nicht mitkommen kann!«, sage ich. Ich finde es auch ein bisschen schade, dass Onkel Peter heute nicht mit seinem coolen Motorrad gekommen ist, auf dem ich einmal mitfahren durfte, als Mama nicht dabei war.

Tante Hong duftet immer so schön nach Jasmin. Anders als die meisten Chinesen hat sie lockige Haare. Wenn sie auf der Straße läuft, wippt ihr langes seidiges Haar bei jedem Schritt mit. 90 Prozent der Leute drehen sich nach ihr um – um ihre Schönheit zu bewundern. Das behauptet Onkel Peter jedenfalls immer.

Als Tante Hong und Onkel Peter letztes Jahr geheiratet haben, flog Papa extra von Deutschland nach Peking. Da habe ich vielleicht was verpasst! Es gab eine fünf Meter lange Schlange mit aneinandergebundenen Knallfröschen und die Knallfrösche haben fast eine halbe Stunde lang geknallt, erzählte Papa später.

»Wie geht's deiner Mama, deinem Papa und Ricky?«, fragt Onkel Peter mich, als wir in der U-Bahn sitzen.

»Gut. Mama hat mir gestern gesagt, dass sie mit Hilfe des Oberbürgermeisters ein richtiges Klassenzimmer gefunden hat. Die Chinesisch-Schule wird auf die Einsteinstraße umziehen.«

»Prima! Ich wusste immer, dass deine Mama auch in Deutschland etwas Interessantes finden wird.« Onkel Peter nickt mit dem Kopf.

Ein paar Chinesen schauen immer mal neugierig zu uns herüber und ich kann hören, wie sie versuchen herauszufinden, was ich mit Onkel Peter da auf Englisch rede. In Deutschland ist Chinesisch die Geheimsprache, wenn ich mit Mama über etwas rede, was nicht jeder verstehen soll. Hier funktioniert es mit Englisch fast genauso gut.

»Na? Und was macht dein Papa?«, erinnert mich Onkel Peter an seine Frage.

Ich berichte: »Er arbeitet ganz viel. Aber ansonsten übt er jeden Tag noch Taiji. Manchmal auch mit Ricky.«

»Wirklich? Aber ist Ricky nicht zu klein für Taiji-Übungen?« Das hat Onkel Peter jetzt mehr zu sich selbst gesagt als zu mir.

»Nein!«, behaupte ich grinsend. »Je jünger man ist, desto weniger Angst hat man vor dem Scheitern. Und die Angst vor dem Scheitern ist das eigentliche Problem beim Lernen.«

Onkel Peter mustert mich überrascht. »Erstaunlich! Drei Jahre nicht gesehen und schon muss ich dich auf einmal mit ganz anderen Augen betrachten. Du hast inzwischen viel gelernt.« Ich bin etwas verlegen, freue mich aber sehr über Onkel Peters Lob.

Als wir aus der U-Bahnstation kommen, höre ich laute Trommel- und Gongschläge zum Himmel dröhnen. Auf dem großen Platz, der vor uns liegt, wimmelt es nur so von Menschen. »Der Löwentanz!«, rufe ich aufgeregt und versuche, mich durch die Menschenmassen hindurchzuzwängen, um nach vorne zu kommen. Aber das ist nicht einfach: Hunderte von Menschen sind hier versammelt. Und alle wollen den Löwentanz sehen. Gerade als ich aufgeben will, »fliege« ich plötzlich in die Luft – Onkel Peter hebt mich auf einen großen Stein. Von hier oben kann ich alles viel besser sehen.

Es tanzen gerade zwei goldene »Löwen« im Kreis herum. Ein Herr in einem gelb-roten Seidenkostüm hält einen goldenen Ball in die Luft und beide »Löwen« versuchen, ihn zu erwischen: Sie stellen sich auf die Hinterbeine, hüpfen, stürzen, beißen ... Ein paar Mal hätten die »Löwen« es fast geschafft. Aber der Herr, ihr Meister, lässt den Ball nicht los. Es kommen immer mehr »Löwen« und die Musik wird immer spannender. Als der Meister den Ball einmal in die Luft hochwirft, springt ein »Löwe« sogar auf die Rücken der anderen ... Jetzt hat er den Ball mit dem Maul aufgefangen. Voller Begeisterung klappert er mit seinen großen Augen und wackelt im Takt der Trommelschläge mit seinem Kopf. Die Zuschauer schreien laut »Bravo!« und brechen in schallendes Gelächter aus.

Onkel Peter hat inzwischen schon ein paar Fotos gemacht.

Jetzt habe ich gesehen, dass jeder »Löwe« von zwei Tänzern gespielt wird: Einer steht vorn und hält den Löwenkopf und der andere hält sich an seinen Hüften fest. So bekommt der Löwe zwei Hinterbeine und einen Rücken. Um alle Bewegungen lebensecht ausführen zu können, müssen die beiden Tänzer perfekt aufeinander abgestimmt sein. Manchmal muss der erste Tänzer sogar auf die Schultern des zweiten springen.

Als der Löwentanz zu Ende ist, löst sich die Zuschauermenge rasch auf. In der Sonne ist es heute auch viel zu heiß. Daher tragen einige einen Sonnenschirm, besonders die Frauen und Kinder. In Deutschland wäre ich jetzt mit Papa und Mama ins Freibad gegangen. Aber hier habe ich etwas anderes im Sinn. »Schade, dass Sophie und Ping nicht mit dabei sein können«, seufze ich.

»Wer ist Ping? Dein neuer ›boy friend‹? Kenne ich ihn?« Onkel Peter schmunzelt. Als ob ich schon mal einen »boy friend« gehabt hätte!

»Ich habe keinen ›boy friend‹ und ich brauche auch keinen! Wenn, dann vielleicht später«, brumme ich. Ich kann es fast nicht glauben, dass auch Onkel Peter solche Witze lustig findet. Bei uns in der Klasse gibt es ein paar Mädchen, die ständig nur über Jungs reden und Liebesbriefe schreiben, aber ich bin doch nicht eine von denen!

»Ping ist nur ein guter Freund, der mit mir zusammen Taiji übt. Er ist das Enkelkind von Meister Zhao Tianlong.«

»Lernst du Taiji von Meister Zhao Tianlong?« Onkel Peter klingt ganz aufgeregt. »Er war Sieger der Nationalen Kampfkunstmeisterschaften. Einer der besten Taiji-Meister unserer Zeit!«, sagt er respektvoll. »Wie hast du ihn kennengelernt?«

»Einfach so.« Ich zucke mit den Achseln. »Er ist Lao Yes Freund.«

»Du Glückspilz!« Onkel Peter schnalzt mit der Zunge.

«Wenn Sophie jetzt hier wäre, hätten wir bestimmt zusammen Taiji trainiert. Wir hätten Partnerkampf geübt, so wie du früher mit Papa. Warum bloß habe ich sie nicht früher angerufen? Ich bin selbst schuld, dass wir uns nicht treffen können.«

Onkel Peter versucht, mich zu trösten: »Meinst du wirklich, dass es deine Schuld ist? Vielleicht wäre sie sowieso mit ihren Eltern verreist und du hättest daran nichts ändern können.«

»Vielleicht.« Ich stimme widerwillig zu. »Aber Sophie hätte bestimmt lieber mit mir gespielt.«

»Du kannst Sophie doch eine E-Mail schreiben und ihr erzählen, was du hier alles machst«, schlägt Onkel Peter vor.

Ich verdrehe die Augen. »Onkel Peter! Das ist doch nicht das Gleiche!« Ich denke oft daran, Sophie zu schreiben. Morgen schreibe ich Sophie mal, denke ich immer. Aber dann ist ständig etwas anderes los und ich habe ihr wieder nicht geschrieben. Vielleicht geht es Sophie genauso.

Onkel Peter überlegt und klingt diesmal ganz ernst: »Stimmt. Manchmal wünsche ich mir auch, dass ihr immer noch in Peking wohnen würdet. Ich könnte dann wieder jeden Tag mit deinem Papa Kung-Fu und Löwentanz trainieren. Ich würde dann bestimmt auch wieder schlank werden.«

»Was? Ihr beide könnt den Löwentanz?« Ich bin wirklich überrascht. Papa hat mir das nie erzählt. Ich weiß nur, dass er mit Onkel Peter an der gleichen Uni in London studiert hat.

»Na klar.« Ein Lächeln huscht über Onkel Peters Gesicht und er wendet sich der weit zurückliegenden Vergangenheit zu: »Ich war mit deinem Papa im Kung-Fu-Club der Uni. Dort haben wir auch den Löwentanz erlernt. Dein Papa spielte immer den hinteren und ich den vorderen Tänzer, weil ich kleiner bin als er und es einfacher war, wenn ich auf den Schultern deines Papas stand als umgekehrt. Wir waren wirklich ein gutes Team.«

»Weißt du was, Onkel Peter? Ich wünsche mir manchmal, dass meine beste Freundin meine Schwester wäre. Warum können wir nicht alle zusammenwohnen?!«

Als ich diesen Wunsch einmal Mama erzählte, seufzte sie und schaute mich nur besorgt an. Aber Onkel Peter nickt mit dem Kopf und sagt: »Ich habe mir als Kind auch oft gewünscht, dass mein bester Freund mit mir zusammenwohnt und immer bei mir bleibt.«

Für ein paar Sekunden schweigt Onkel Peter. Er blickt in die Ferne, auf den Westberg, den die Wolken verschleiern. Wir sitzen eine Weile stumm nebeneinander.

»Aber …«, sagt Onkel Peter plötzlich mit einem Lächeln auf den Lippen, »ich weiß ganz genau, wenn dein Papa und ich nach langer Zeit wieder zusammenkommen, wird alles genauso sein wie früher. Wir werden uns gut verstehen und miteinander viel Spaß haben. Und wir werden auch immer für einander da sein. Ist das nicht wunderbar?«

Sein Lächeln steckt mich an und ich lächle zurück. »Ja. Sophie und ich, wir sind auch immer ein gutes Team.« Das ist doch wirklich wunderbar.

»Nun lass uns aber etwas anderes tun. Man verpasst die

schönen Momente, wenn man zu lange über die Vergangenheit nachdenkt. Wenn ich du wäre, würde ich heute Abend schnell eine E-Mail an Sophie schreiben und ihr sagen, dass sie immer noch deine beste Freundin ist. Das ist besser, als zu grübeln. Und jetzt …« Onkel Peter kratzt sich am Kopf und schlägt vor: »Wie wäre es zum Beispiel mit Achterbahn fahren?«

»Jaaah!« Ich springe vor Freunde hoch. Kein Wunder, dass Onkel Peter Papas Kumpel ist. Papa hätte genau das Gleiche zu mir gesagt, glaube ich. Wir sind dann nicht nur Achterbahn gefahren, sondern auch auf einer riesigen Schaukel durch die Luft geflogen und im Autoscooter herumgerast.

Na nu? Was ist das denn für ein cooles Spiel? Ein gigantischer durchsichtiger Plastikball schwimmt auf dem See.

»Onkel Peter, darf ich das mal ausprobieren?«, frage ich, während mein Blick weiter an dem Ball klebt.

»Na klar darfst du das.«

Ich klettere gleich in den Ball hinein. Dann wird hinter mir die Einstiegsluke verschlossen. Als ich versuche zu laufen, rollt der Ball auf dem Wasser und schwuppdiwupp – schon bin ich umgefallen. Es ist gar nicht so einfach, wie es aussieht.

Mein zweiter Versuch ist auch nicht viel besser: Der Ball ist offenbar nicht ganz wasserdicht und ich bin jetzt ein bisschen nass geworden. Das stört mich an so einem heißen

Tag zwar nicht, aber ein paar Kinder, die mir gespannt zuschauen, lachen schon laut. Wie peinlich. Soll ich vielleicht doch lieber umkehren?

»Balanciere einfach!«, höre ich nun Onkel Peter schreien. »Konzentriere dich auf deine Schritte!«

Ich schließe meine Augen und erinnere mich plötzlich an Meister Zhaos Worte. Bei unseren morgendlichen Taiji-Übungen sagt er immer würdevoll: »Harmonie ist ein universelles Gesetz. Es geht stets darum, im Gleichgewicht zu bleiben.«

Na dann, noch ein Versuch: Augen auf! Tief einatmen! Der Park sieht durch den Plastikball verschwommen aus. Die Zikaden auf den großen Weiden zirpen immer lauter, bis sie mit einem Mal verstummen. Ich mache meine ersten Schritte, diesmal kleiner und vorsichtiger, und versuche, mit beiden Armen zu balancieren.

Erst nur langsam, dann jedoch schneller rollt der Ball vorwärts. Zum Schluss rollt er ganz gleichmäßig und ruhig bis zur anderen Seite des Sees.

»Bravo!« Onkel Peter wartet schon auf mich und hebt die Hand zum High Five. Ich nehme das High Five glücklich an. Auch die Kinder, die mich vorhin ausgelacht haben, zeigen mir jetzt ihren gehobenen Daumen.

»Das hast du wirklich toll gemacht. Zur Belohnung hole ich uns italienisches Eis«, sagt Onkel Peter lachend und läuft schon zu einer Eisdiele.

Ich setze mich währenddessen in den Schatten eines

Baumes. Als ich mich umdrehe … wen auf der Welt sehe ich? Den bösen Kerl, der mir zehn Yuan wegnehmen wollte! Er hat mich jetzt auch bemerkt und stemmt seine Hände in die Hüften. »Haha, für zwei Feinde ist selbst die Welt nicht groß genug. Wo ist dein kleiner Freund?«

Ich schaue Hilfe suchend zu der Eisdiele. Doch Onkel Peter ist nicht zu sehen. Mir läuft es eiskalt den Rücken herunter. Der böse Kerl hat bestimmt gemerkt, dass ich allein bin. Er reißt die Augen auf und fletscht die Zähne. »Ich muss deinetwegen jeden Tag in diesen Park kommen. In dem anderen Park kann ich keine Geschäfte mehr machen. Was sagst du dazu?«, droht er und streckt schon die rechte Hand aus, um mich am Arm zu packen.

Instinktiv mache ich einen Schritt nach links und drehe mich dabei, sodass ich nun hinter seinem Rücken stehe. Der Kerl ruft laut: »Ai Ya?«, und schaut erstaunt dorthin, wo ich eben noch stand. Er ist total verblüfft darüber, dass ich nicht mehr zu sehen bin und seine Hand ins Leere gegriffen hat.

In diesem Augenblick staune ich über mich selbst: Ich habe gerade »Feuer Phönix trifft den Drachen« ausgeführt, wenn auch ohne die Handbewegung, die ich in der Eile vergessen habe.

Ich bin vor Freude fast außer mir. Der Kerl hat es nicht geschafft, mich zu schnappen. Er ist viel zu langsam.

Während ich einen Schritt zurückweiche, hat der Kerl sich zu mir umgedreht. »Du kleiner Wurm!«, knurrt er wütend und stürzt sich auf mich. Ich weiche ihm genau wie vorher blitzschnell aus. Als sein Körper an mir vorbei wieder ins Leere läuft, gebe ich ihm noch einen kleinen Schubs. Ich brauche kaum Kraft dazu, denn die meiste Kraft kommt von ihm selbst. Er stolpert ein paar Schritte nach vorn und schreit zum zweiten Mal »Ai Ya!«. Der Bösewicht wirkt jetzt auf mich nur noch wie ein langsamer tapsiger Bär.

Jede Bewegung in der Taiji-Form ist eine Selbstverteidigungstechnik – das hat mir Meister Zhao erzählt und jetzt habe ich es begriffen!

Als der böse Kerl endlich sein Gleichgewicht wiedergefunden hat, merkt auch er, dass es kein Zufall war, dass ich ihm zweimal ausweichen konnte. Er starrt mich an, als ob er mich am liebsten erwürgen wollte, bleibt jedoch stehen.

Ich grinse ihm ins Gesicht, so breit wie ich kann, und sage ganz ruhig: »Wir haben überall nach dir gesucht und hier versteckst du dich also? Mein Mitschüler möchte dir gerne zeigen, was er Neues von unserem Shi Fu gelernt hat.«

Er macht sofort einen Schritt zurück und stottert perplex: »Dein Mitschüler ist hier? Und wer ist euer Meister?«

Er schaut sich misstrauisch um. Ich sehe jetzt aus den Augenwinkeln, dass Onkel Peter mit zwei Eis auf uns zuläuft.

»Meister Zhao Tianlong ist unser Meister. Mein älterer Mitschüler ist leider nicht hier, aber du kannst gerne unseren ältesten Mitschüler aus England kennenlernen. Er ist der Beste von uns.«

Ich winke stürmisch zu Onkel Peter hinüber.

»Oh, ihr seid Schüler von Meister Zhao!«, stottert der böse Kerl völlig entgeistert. Offenbar kennt er diesen Namen und Schweiß perlt schon von seiner Stirn.

Als er sieht, dass Onkel Peter mir zuwinkt, wird er so blass wie ein weißes Blatt Papier. Er macht sich diesmal noch schneller aus dem Staub als letztes Mal – und vergisst dabei sogar Eimer und Pinsel.

»Wer war das?«, fragt Onkel Peter verblüfft und schaut, wie der Kerl schnell davonspringt.

»Danke, ältester Mitschüler, dass du mich gerettet hast.« Ich könnte mich totlachen.

Onkel Peter versteht nur noch Bahnhof und ich erzähle ihm die ganze Geschichte.

»Das ist wirklich mutig von dir. Hast du gar keine Angst gehabt?«, fragt er begeistert.

»Zuerst schon«, gebe ich ehrlich zu. Dann sage ich etwas verärgert: »›Feuer Phönix trifft den Drachen‹ habe ich schon hundert Mal mit Meister Zhao geübt, aber trotzdem habe ich am Anfang die Handbewegung vergessen.«

Onkel Peter legt den Kopf schräg und schaut mich grinsend an.

»Übung macht den Meister. Denk doch mal daran, dass du erst seit zwei Wochen Taiji übst. Ich finde es super, dass du nach so einer kurzen Zeit schon die Technik anwenden kannst. Außerdem bist du viel jünger und kleiner als dieser Mann.« Dann legt er mir seinen Arm um die Schultern und sagt stolz: »Du bist echt meine Lieblingspatentochter!«

»Aber du hast doch nur eine Patentochter, mich, oder?«, frage ich skeptisch.

»Ach, das habe ich vergessen …« Onkel Peter kratzt sich verlegen hinterm Ohr.

»Macht nichts. Du bist auch mein Lieblingspatenonkel. Mein einziger«, kichere ich.

Auf dem Weg nach Hause klingelt plötzlich Onkel Peters Handy. Er wird beim Telefonieren ganz unruhig und blickt zweimal auf die Uhr. Danach sagt er nervös zu mir: »Ich glaube, das Baby will ein bisschen früher auf die Welt kommen.«

Super, das Baby kommt!

Am nächsten Tag warte ich ungeduldig auf Onkel Peters Anruf. »Ist es ein Junge oder ein Mädchen?«, frage ich, als Onkel Peter sich endlich bei mir meldet.

»Ein ganz süßes Mädchen«, antwortet Onkel Peter stolz. Bevor ich ihn noch etwas fragen kann, sagt er: »Besuch uns doch morgen im Krankenhaus.«

Am nächsten Tag fährt Lao Lao mit mir zum Krankenhaus. Zuvor holen wir noch Mi Mi vom Kindergarten ab.

Mi Mi ist total aufgeregt und stellt Lao Lao unterwegs hundert Fragen über Babys.

Tante Bin ist direkt von der Arbeit zur Klinik gefahren und wartet dort schon auf uns. Vor dem Krankenhaus kaufe ich von meinem Taschengeld noch einen kleinen gelben Tulpenstrauß für Tante Hong. Ich möchte ihr unbedingt etwas Hübsches mitbringen.

Ich mag eigentlich keine Krankenhäuser. Bevor Lao Lao in Rente gegangen ist, arbeitete sie als Ärztin in einer großen Klinik, direkt neben Lao Yes Institut. Einmal wollte ich sie besuchen und musste dabei an der Akupunkturabteilung vorübergehen. Auf den Wartebänken saßen lauter Patienten, deren Körper übersät waren mit vielen dünnen Nadeln. Manche sahen fast wie Igel aus! Ich bin so schnell wie möglich vorbeigelaufen. Tja, ich habe einfach Angst vor Nadeln, auch wenn ich weiß, dass Akupunktur bei sehr vielen Krankheiten hilft.

Lao Lao ist Ärztin, wie schon mein Uropa. Sie ist eine Expertin auf dem Gebiet der Magnetresonanztomografie, mit der man Bilder vom Inneren des Körpers erstellen kann. Als sie noch gearbeitet hat, verwendete sie viele Geräte aus der westlichen Medizin.

Mein Uropa war ein richtiger Doktor in traditioneller chinesischer Medizin und Direktor eines Krankenhauses. Von ihm hat Lao Lao auch viel über die chinesische Medizin gelernt und bekam sogar ein Buch mit den ältesten Sammlungen chinesischer medizinischer Schriften. »Innere Klassiker des Gelben Kaisers« heißt das Buch und die Schriften darin sind vor etwa 2000 Jahren entstanden. Es sind zwar nur Kopien, aber trotzdem ist der Band sehr wertvoll, meint Lao Lao. Ich durfte mir das Buch einmal genauer anschauen und fand es sehr beeindruckend. Auf einem Bild wurde gezeigt, dass es 160 klassische Akupunkturpunkte entlang der wichtigsten Meridiane des menschlichen Körpers gibt. Meridiane nennt man die Kanäle, in denen Chi, die sogenannte Lebensenergie, fließt. Echt spannend, aber Nadeln kann ich trotzdem nicht leiden.

Zum Glück ist es auf der Neugeborenenstation ganz anders als sonst in Krankenhäusern. Das Babyzentrum ist in zarten grünen und gelben Pastellfarben gestrichen. Selbst die Krankenschwestern tragen keine weiße, sondern eine rosa Uniform. Überall sind lächelnde Gesichter und es riecht immer gut nach Milch und Baby.

Tante Hong liegt im Bett und sieht noch müde aus. Neben ihr liegt das Baby in einem kleinen Gitterbett. Als wir reinkommen, lächeln Tante Hong und Onkel Peter gerade das Baby an, Hand in Hand.

Ein Sonnenstrahl fällt durch das große Fenster auf die Gesichter der frischgebackenen Eltern. Was für ein schönes Bild, denke ich. Wie die Titelseite des Elternmagazins, das Mama manchmal liest. Für einen Moment wünsche ich mir, dass ich ein Fotograf wäre und eine Kamera dabeihätte.

Tante Hong hat mich zuerst gesehen und strahlt über das ganze Gesicht. »Lisa! Wie schön, dass du kommen konntest.« Sie nimmt den Blumenstrauß in die Hände und lässt

Onkel Peter gleich Vase und Wasser holen. Sie stellt meinen kleinen Tulpenstrauß direkt neben ihr Bett. »Gelb ist meine Lieblingsfarbe«, sagt sie, als sie zärtlich über die Blüten streicht.

Ich lächle: »Wirklich? Meine auch!«

Lao Lao hat eine Fischsuppe mit Koriander für Tante Hong gekocht. Nach zwei Stunden auf kleinem Feuer ist die Suppe so weiß und dick wie Milch geworden.

»Die Suppe soll sehr gut für das Stillen sein, aber man darf am Anfang nicht zu viel trinken …«, erklärt sie den jungen Eltern. »Die Mama soll die Suppe trinken. Der Papa darf danach den Fisch essen.«

Tante Hong ist brav und macht sofort, was Lao Lao sagt. Die Suppe hat Lao Lao in einem dicken Tonkochtöpfchen mitgebracht und so ist sie noch warm.

Mi Mi blinzelt erstaunt zu dem Baby hinüber: »So klein ist es!? Wie eine Puppe! Und warum ist es so rot?«

Ich erkläre ihr: »Das ist ganz normal. Ricky war auch so rot nach der Geburt. Guck mal, das Baby gähnt gerade. Es hat beim Träumen gegähnt. Wie süß!« Jetzt bewundern wir beide das Baby.

»Kann es auch spielen?«, fragt Mi Mi skeptisch nach einer Weile.

Tante Bin erklärt ihr geduldig: »Jetzt noch nicht. Es muss sich erst einmal an die neue Umgebung gewöhnen und größer werden. Aber mit der Zeit wird es immer mehr können.«

Mi Mi überlegt kurz und wendet sich dann mit ernstem Gesicht an Tante Bin: »Mama, ich will jetzt keinen Hund mehr. Kann ich nicht stattdessen ein Baby haben?«

Seitdem Mi Mi Snow White zum ersten Mal gesehen hat, ist sie vom Hundefieber angesteckt. Sie bekniet Tante Bin dauernd mit der Idee, einen Hund zu kaufen. Jetzt hat Mi Mi es sich offensichtlich anders überlegt und sich für ein Baby entschieden.

Doch die neue Idee scheint Tante Bin auch nicht besonders zu gefallen. Sie ist plötzlich rot geworden und die anderen Erwachsenen können ihr Lachen nicht mehr verbergen. Das gefällt Mi Mi natürlich nicht, weil sie nicht verstehen kann, warum alle über sie lachen. Sie runzelt die Stirn, bleibt jedoch ganz brav, wahrscheinlich weil Lao Lao ihr vorher gesagt hat, dass man auf der Neugeborenenstation sehr ruhig sein muss.

Onkel Peter fragt mich: »Hej, wie findest du deine neue ›Cousine‹?«

Ich neige mich zum Bettchen hinunter und schaue mir das Baby genau an. Es hat schwarze wilde Haare und schläft gerade tief und fest. Seine winzigen Hände hält es geschlossen.

Es sieht fast genauso aus wie Ricky, als ich ihn zum ersten Mal im Krankenhaus besucht habe. Ricky war auch so klein und sanft. Ich hatte damals Angst, dass ich ihm beim Tragen wehtun könnte.

Als hätte Onkel Peter meine Gedanken gelesen, flüstert

er mir jetzt ins Ohr: »Wenn ich ein kleines Baby sehe, muss ich immer an meinen Bruder denken. Er ist fünf Jahre jünger als ich. So wie du und Ricky.« Er kichert und genießt offensichtlich seine Erinnerung an die Kindheit. Und ich kichere auch, weil ich jetzt daran denken muss, wie Ricky und ich neulich am Bach vor unserem Haus spielten und dabei im Schlamm rummatschten. Mama hat uns nur als »Schlamm-Monster« bezeichnet und sofort in die Badewanne gesteckt.

Ich frage Tante Hong: »Wie heißt das Baby eigentlich?«

Tante Hong meint: »Einen chinesischen Namen müssen wir uns noch überlegen. Aber den englischen Namen haben wir schon. Wir wollen sie Sophie nennen – wie deine beste Freundin!«

Ich schaue Onkel Peter überrascht an.

»Ist es nicht toll?«, sagt er strahlend und legt mir liebevoll seine Hand auf die Schulter. »Als du geboren wurdest, war ich der erste aus China, der dich besucht hat. Und jetzt bist du Sophies erster Besuch aus Deutschland. Wer hätte das gedacht! Auch wenn dein Papa selbst nicht hier sein kann, so bist du an seiner Stelle bei uns.«

Ich weiß jetzt gar nicht, was ich sagen soll. Ich umarme Onkel Peter einfach ganz fest, bevor ich mich noch einmal zu dem Baby hinunterbeuge.

»Hallo, Sophie!«, flüstere ich ihr zu und streichle zärtlich über ihre kleine Wange. Sie schläft einfach weiter, aber ich bin jetzt wirklich glücklich. Auch wenn meine Freundin

Sophie momentan in Deutschland ist, so kommt es mir doch so vor, als würde sie neben mir sitzen und als würden wir gemeinsam die kleine Sophie betrachten. Wer weiß, vielleicht können wir später in einem Doppelhaus nebeneinander wohnen, so wie Mama und Tante Peggy. Vielleicht werde ich auch einmal die Patentante von Sophies Kindern. Und wer weiß, vielleicht werden sogar unsere Kinder gute Freunde sein.

过而不改
是谓过矣
孔子

»Der größte Fehler ist der, den man nicht korrigiert.«

Konfuzius (551–479 v. Chr.)

Das Geheimnis der Pekingente

Heute war eigentlich ein sehr lustiger Tag. Ich habe einen Kinderklub mit Ping besucht und dort gelernt, einen Schmetterlingsdrachen zu basteln. Mein Drachen hat hübsche bunte Flügel und fliegt auch toll!

Das kann ich doch gleich mal Mama und Ricky zeigen, dachte ich. Als ich Mama durch Skype anrief, war sie gerade mit Tante Peggy am Frühstücken. Max sei jetzt bei einem Fußballcamp mit seinem Papa, sagte Tante Peggy. Sein Papa hat extra Urlaub für ihn genommen und ist von Peking nach Deutschland geflogen.

Mama fand meinen Drachen toll. Sie meinte, wir sollten ihn unbedingt an die Wand in meinem Zimmer hängen. Nur Ricky war nicht sonderlich begeistert. »Lisa! Lisa!«, rief er stattdessen aufgeregt und fing plötzlich an zu singen:

»Oh, Oh, Oh,
Du armer Floh,
Hast sechs Beine
Und 'nen Holz-Popo.«

»Das hat Ricky im Kindergarten gelernt«, erklärte Mama nun Tante Peggy und man merkte, dass ihr das etwas peinlich war. Ich dachte mir gleich eine zweite Strophe aus und sang sie Ricky vor:

»Tier, Tier, Tier,
Du armer Stier,
Du bist verrückt
Und trinkst nur Bier.«

Ricky lachte aus vollem Halse, als wir es zusammen gesungen haben. Vielleicht sollte ich doch lieber Songwriter werden?

»Wann kommst du zurück, Lisa?«, fragte Ricky mich nach dem Singen. »Ich habe im Asienladen zwei Lollis bekommen und hebe einen für dich auf.« Ricky geht sehr gern mit Mama im Asienladen einkaufen. Die vietnamesische Verkäuferin schenkt ihm jedes Mal einen Lolli, wenn Mama bei ihr Tofu und Glasnudeln kauft. Er hat diesmal bestimmt nach einem extra Lolli für mich gefragt.

Jetzt ist Mi Mi nach Hause gekommen. Sie hat uns noch singen gehört und will sofort wissen, was das für ein Lied ist. Ich sage ihr, dass ich und Ricky es uns nur so ausgedacht haben und es keinen Sinn ergibt. Auf Deutsch kann sie ja sowieso nicht singen.

Dann will sie unbedingt wissen, wie ich meinen Schmetterlingsdrachen gebastelt habe.

»Kannst du mir mal zeigen, wie das geht? Bitte!«, fleht sie mich an.

Meine gute Laune ist wie weggewischt. Ich musste ihr letztes Wochenende schon Tiger Lily ausleihen, damit sie mittags schläft, nur weil sie noch klein ist und weil sie ihre Seidenraupen mit mir geteilt hat. Selbst Ricky weiß, dass Tiger Lily nicht auszuleihen ist.

Ich sage Mi Mi so geduldig wie ich nur kann: »Das Basteln von Schmetterlingsdrachen ist ein Geheimnis und ein Geheimnis darf man nicht verraten.«

Oje, jetzt rollt eine große Träne Mi Mis Wange hinunter, gefolgt von einer zweiten. Sie fängt tatsächlich an zu heulen. Es ist wirklich nicht meine Schuld, dass wir dann streiten. Ich kann doch mein Geheimnis nicht verraten.

»Verwöhntes Einzelkind …«, murmele ich betrübt. Wer denkt, dass 20 Barbies viel sind, der sollte sich mal Tante Bins Haus in der Vorstadt anschauen. Da hat Mi Mi ihr Kinderzimmer voll mit unzähligen Spielsachen. Es ist wirklich dumm, dass Mi Mi so ein großes Theater daraus macht.

Aber Mi Mi weint und weint, sodass Lao Ye zum Schluss

ein unwiderstehliches Angebot macht: »Kommt, lasst uns Pekingente essen gehen.« Sofort nickt Mi Mi. Pekingente ist nicht nur Mi Mis Lieblingsessen, sondern auch das von uns allen. Allein wenn ich den Namen höre, läuft mir schon das Wasser im Mund zusammen.

Lao Ye sagt nie wie andere Erwachsene, dass ich irgendetwas machen muss, nur weil Mi Mi jünger als ich ist. Stattdessen sagt er noch zu mir: »Ruf mal Ping an! Wenn er möchte, kann er mitkommen.« Dafür liebe ich meinen Lao Ye. Er ist einfach super!

Leider scheint bei Ping niemand zu Hause zu sein. »Pech gehabt, Ping«, murmele ich enttäuscht, nachdem es lange geklingelt hat: »So verpasst du die Pekingente.«

Das Restaurant, in das wir gehen, ist fast 150 Jahre alt, sagt Lao Ye. Und bevor das Restaurant eröffnet wurde, gab es schon viele andere Pekingenten-Restaurants. Es begann wohl in der Yuan-Dynastie. Das ist etwa 600 Jahre her. Damals haben die Chinesen ihre Enten wie in Deutschland in einem geschlossenen Steinofen gebacken. Später haben sie sich eine verbesserte Zubereitung ausgedacht. Die Enten werden am Hals aufgehängt und in der Mitte des Ofens lodert zusätzlich ein offenes Feuer. Damit werden die Pekingenten gleichzeitig gegrillt und gebacken.

Ich schaue begeistert in den Ofen hinein: Etwa 20 Enten hängen fein säuberlich aufgereiht nebeneinander. Bei manchen ist die Haut schon knusprig und goldbraun.

»Aha, jetzt weiß ich, warum die Pekingente in Deutschland so anders schmeckt als in Peking«, sage ich. Lao Ye sagt: »Das ist aber noch nicht alles.« Bevor er mir noch etwas erklären kann, kommt eine junge Kellnerin in einem roten, mit Goldfäden durchwirkten chinesischen Seidenkleid und geleitet uns an den Tisch. Es sind mindestens 500 Gäste im Restaurant und darunter auch viele Ausländer.

Alle von Lao Ye bestellten Speisen werden aus Ente gemacht und das finde ich lustig. In Deutschland isst man meist nur das Fleisch und schmeißt den Rest weg, aber die Chinesen können auch aus den anderen Teilen der Ente, zum Beispiel aus Leber, Zunge, Magen, Blut und Herz, leckere Speisen zubereiten. Wie immer ist dabei die letzte Speise eine köstliche Suppe aus den Knochen der Ente.

Das Beste ist und bleibt aber die Pekingente selbst! Bald kommt ein Koch mit einem rollenden Tablettwagen auf uns zu. Darauf liegt eine fertig gebackene Pekingente und der Koch beginnt, diese vor unseren Augen in Scheiben zu schneiden. Ich zähle neben ihm ganz genau mit: 108 Scheiben hat er geschnitten! Und jede der hauchdünnen Scheiben enthält etwas knusprige Haut, etwas Fett und etwas Fleisch.

Mi Mi klatscht begeistert in die Hände und Lao Ye nickt mit dem Kopf. »Das ist nichts anderes als fortgeschrittenes Kung-Fu«, meint er und erklärt mir dann, dass Kung-Fu einfach »Etwas durch harte und geduldige Arbeit Erreichtes« bedeutet. Nicht nur die aus China stammenden

Kampfsportarten werden als Kung-Fu bezeichnet, sondern im Grunde auch andere Tätigkeiten, bei denen durch langes Training Vollkommenheit angestrebt wird.

Ich nehme mir einen dünnen Pfannkuchen und verteile darauf die süße Bohnensoße. Dann kommen klein geschnittene Gurkenscheiben und dünne Streifen Frühlingszwiebeln dazu. Zum Schluss lege ich ein paar Scheiben Ente in die Mitte und rolle das Ganze zusammen zu einer Tüte. Jetzt kann ich die Tüte endlich in den Mund nehmen. Und das schmeckt gut!!

Mi Mi isst die Ente nur mit ein bisschen Zucker. Das probiere ich auch gleich aus und so schmeckt es mir noch besser.

Ich habe plötzlich eine Idee: »Wenn ich groß bin, eröffne ich ein Pekingenten-Restaurant in Deutschland. Dann muss ich nicht nach Peking kommen, um ›echte‹ Pekingente zu essen.«

»Ich dachte, du willst eine Taiji-Meisterin werden?« Lao Ye macht sich ein bisschen lustig über mich.

»Na ja, vielleicht kann ich alles werden: eine Taiji-Meisterin, die ein Pekingenten-Restaurant eröffnet und nebenbei noch Texte für Lieder schreibt.« Ich überlege kurz und frage mit vollem Mund: »Ist es schlimm, wenn ich viele verschiedene Sachen ausprobieren möchte?«

»Nein, das ist gerade das Schöne, wenn man jung ist«, lacht Lao Ye. »Da kannst du nämlich alles ausprobieren, was dich interessiert.«

»Lao Ye, was sind eigentlich die anderen Tricks, die man noch kennen muss, um eine richtige Pekingente zu machen?«, will ich nun wissen.

Lao Ye sagt: »Das weiß ich auch nicht so genau. Ich glaube, das bleibt ein Geheimnis jedes Pekingenten-Restaurants.«

Auf einmal wird mein Hals trocken. Was soll ich darauf erwidern? Ich habe vorher selbst zu Mi Mi gesagt, dass man sein Geheimnis nicht verraten darf. Und das stimmt doch, oder?

Lao Ye sieht mich mit prüfendem Blick an und ich habe das Gefühl, dass er mich durchschaut. Er sagt schließlich: »Obwohl … Wenn du es wirklich wissen willst, müssen wir nach dem Essen einen Spaziergang durch das Stadtzentrum machen und unser Glück versuchen.«

»Jaaah! Bitte!«, schreie ich vor lauter Aufregung.

So fahren wir nach dem Essen in Richtung Stadtzentrum.

Bald sehen wir schon die »Verbotene Stadt«, den alten Palast des chinisischen Kaisers. Er glänzt in der Abendsonne wie Gold. Die mythischen Figuren auf den Dächern sollen Feuer, Überschwemmungen und böse Geister abwehren. Die roten Mauern und die gelben Ziegeldächer bilden einen wunderschönen Kontrast. Bald sind die modernen Hochhäuser, das Opernhaus, die Konzerthalle, die 5-Sterne-Hotels und Shopping Malls nicht mehr zu sehen. Stattdessen sieht man dicht zusammengebaute kleine Villen, große künstliche Seen und eindrucksvolle Adelspaläste. Um den Palast herum gibt es viele alte chinesische Häuser und kleine Gassen, die man »Si He Yuan« und »Hu Tong« nennt. Lao Ye sagt, dass meine Urgroßeltern noch in solchen Häusern gewohnt haben, zu denen immer ein Garten gehörte – mit einem Teich voller Lotus und kunstvoll arrangierten Felsen.

Irgendwann müssen wir das Taxi verlassen. Wir sind jetzt in der Altstadt und die Hu Tongs, die schmalen Gassen, sind langsam zu eng für Autos. Wir laufen mal nach links, dann wieder nach rechts. Ich komme mir vor wie in einem großen Labyrinth. Das ist am Anfang sehr lustig, aber nach einer Weile weiß ich gar nicht mehr, in welche Richtung wir gehen.

Irgendwann bleibt Lao Ye stehen und kratzt sich am Kopf: »Ich bin mir auch nicht mehr sicher, es sollte doch hier sein …«

Oh, nein! Auch Lao Ye hat sich verlaufen! Gestern noch hat Lao Lao uns eine Geschichte von Lao Ye erzählt. Wie er sich mit seinem Forschungsteam einmal in der Wüste verlaufen hat und es kaum noch Wasser gab. Lao Ye hat es aber geschafft, das Team aus der Wüste zu führen.

»Du hast doch damals in der Wüste den richtigen Weg gefunden, Lao Ye«, sage ich etwas skeptisch. »Wie hast du das denn geschafft?«

»Ich habe in der Wüste die Sterne gelesen.« Lao Ye blinzelt ein bisschen nervös und fügt entschuldigend hinzu: »In der Stadt können wir leider gar keine Sterne sehen.«

Er schaut zu dem dunklen Himmel hinauf und überlegt kurz. »Aber ... ich kann jemand fragen. Das ist der Vorteil, wenn man nicht in der Wüste ist.«

Da kommt uns ein alter Herr mit langem weißen Bart entgegen und Lao Ye spricht ihn an. Der alte Mann steht leicht über seinen Stock gebeugt da und schaut uns irritiert an. Er zeigt mit dem Arm hinter uns: »Schaut mal, Leute! Das ist doch direkt vor euren Augen!« Wir drehen uns um. Tatsächlich. Da hängt ein Schild: »Pekingenten-Restaurant« Jetzt müssen wir alle lachen.

Das Restaurant sieht von außen wie ein ganz normales Altstadthaus aus. Das Aushängeschild ist sehr klein, deswegen hat Lao Ye es nicht gleich gesehen.

Sind wir hier tatsächlich richtig? Doch Lao Ye zeigt auf die Türschwelle und sagt: »Schau mal hier: Dieses Restaurant hat so viele Gäste gehabt, dass die Türschwelle schon ganz abgetreten ist. Auch deine Lieblingsfernsehsendung ›National Geographic‹ war hier in dem Restaurant und hat Onkel Chen, den Besitzer, interviewt.«

Wow, jetzt bin ich noch neugieriger geworden.

Im Innern des Restaurants gibt es einen Innenhof: quadratisch, mit einem alten japanischen Schnürbaum in der Mitte. Um den riesigen Laubbaum herum sind acht Zimmer angeordnet. So haben früher in China Großeltern, Eltern und Kinder in einem Haus zusammengewohnt.

Es ist überall voll. Alle Tische sind besetzt, sogar die drei Tische im Hof! Viele Gäste warten stehend vor der Küche im Hof.

Man muss vorher reservieren, ansonsten wartet man stundenlang auf einen Tisch.

Während Lao Ye mit einem Kellner spricht, schaue ich mich im Restaurant neugierig um. Es hängen viele Fotos an den Wänden: ausländische Botschafter, berühmte Künstler … Einen davon habe ich sofort erkannt: meinen Lieblings-Kung-Fu-Filmstar! Ich habe im Internet gelesen, dass er einen Panda adoptiert hat – wie ich.

Plötzlich ruft Lao Ye mir zu: »Lisa, Onkel Chen ist da!«

Onkel Chen ist ein großer behäbiger Mann. Wenn er lacht, lachen auch seine Augen. »Aha! Bist du das Mädchen, das ein richtiges Pekingenten-Restaurant in Deutschland aufmachen möchte?«, fragt er mich mit klangvoller Stimme. Ich nicke etwas verlegen. »Gut, dann zeige ich dir, wie wir die Pekingente machen!«

Ich kann es kaum glauben! So leicht geht das? Plötzlich fällt mir etwas ein: »Onkel Chen, wenn du mir dein großes Geheimnis verrätst, muss ich dir dafür etwas bezahlen? Ich habe nur hundert Yuan Taschengeld dabei.«

Onkel Chen lacht schallend. »Na, du bist mir ein schlaues Mädchen! Aber weißt du, manchmal sollte man ein Geheimnis auch lüften.«

»Aber, wenn man ein Geheimnis hat, dann darf man das doch auch für sich behalten, oder nicht?«

Onkel Chen nickt. »Natürlich darf man das. Aber es wäre schade. Wenn zum Beispiel die Europäer uns nicht verraten hätten, wie man mit einem Ofen bäckt oder wie man grillt, würde es jetzt auch keine Pekingenten geben. Chinesisches Essen ist traditionell gebraten, gedämpft oder gekocht. Hast du jemals gebackenen Kuchen als chinesische Speise gesehen?«

Für einen Augenblick muss ich an Mamas Keksparty zu Weihnachten denken. Und wie glücklich sie war, als sie gelernt hat, Florentiner zu backen. »Meinst du, dass die Chinesen von Europäern gelernt haben, wie man Pekingente bäckt?«

»Ja und nein«, sagt Onkel Chen geduldig. »Wir haben Backen und Grillen von den Europäern gelernt, aber wir mussten uns auch viel selbst überlegen und Neues ausprobieren, bis die Pekingente so perfekt wurde, wie du sie heute kennst. Zum Beispiel machen wir nur ein kleines Loch am Hinterteil der Ente, durch das die Innereien entfernt werden und die gewürzte Suppe hineingefüllt wird. Vor dem Backen wird das kleine Loch mit einem Faden wieder zugenäht. Das Fleisch wird durch die Suppe im Bauch gut gewürzt und gleichzeitig gekocht. Wir pumpen auch Luft zwischen Haut und Fleisch bzw. Fett, um sie vollständig voneinander zu trennen. Wenn wir dann die Enten in den Ofen hängen und über dem Feuer grillen, wird die Haut so richtig schön knusprig und ist deshalb das Allerbeste am ganzen Gericht. Diese Kombination von Kochen, Backen und Grillen ist eine chinesische Erfindung.«

Onkel Chen verrät mir gleich noch weitere Tricks: Wie man die geeigneten Enten auswählt, wie man die Haut der Enten würzt, wie lange man die Enten backen soll, wie man die Pfannkuchen und die Soße macht und und und … Es gibt so viel zu wissen!

Nur eines verstehe ich immer noch nicht. So frage ich Onkel Chen: »Hast du keine Angst, dass andere Leute auch so köstliche Pekingenten machen können und irgendwann keine Gäste mehr zu dir kommen?«

Onkel Chen legt mir die Hände auf die Schulter und sagt: »Ich glaube, je mehr Leute Pekingenten machen können, desto mehr werden sich auch in die Pekingenten verlieben. Vielleicht denkt sich sogar jemand aus, wie man die Pekingenten *noch* schmackhafter machen könnte. Eine neue Idee, eine neue Methode … das wäre hervorragend, da könnten wir alle noch köstlichere Pekingenten essen.«

Es ist schon dunkel, als wir wieder im Taxi sitzen. An vielen Gebäuden und den sich kreuzenden Unter- und Überführungen flimmern Lichtreklamen.

Der Taxifahrer unterhält sich mit Lao Ye. »Stellen Sie sich mal vor, dass es schon ungefähr 15 Millionen Einwohner und drei Millionen Autos in Peking gibt!«, erzählt er kopfschüttelnd und mit starkem nordchinesischen Akzent. »Kein Wunder, dass die Straßen immer breiter und die Gebäude immer höher werden. Und es wird immer weiter gebaut.«

Das finde ich eigentlich ein bisschen schade. Ich wollte letzte Woche in meine Lieblingsstraße, in die Rote Straße, gehen. Sie heißt eigentlich anders, aber ich nenne sie immer Rote Straße, weil dort überall die typischen roten Lampions hängen und manche Restaurants sogar komplett rot dekoriert sind. Wenn es dunkel wird, beginnt die ganze Straße, in Rot zu leuchten. Und an den vielen Essensständen kann man unterschiedliches chinesisches Fastfood bestellen, direkt aus den brutzelnden Töpfen und Woks. Aber das war einmal – die ganze Straße ist weg. Einfach weg. Wo früher Restaurants und Stände waren, gibt es jetzt nur noch große Einkaufszentren und ein riesiges Kino.

Ich starre durch das Taxifenster auf das bunte Treiben der Nacht und erinnere mich daran, was Mama mir immer sagt: »Der größte Fehler ist der, den man nicht korrigiert.«

Ich knuffe Mi Mi in die Seite und flüstere: »Mi Mi. Willst du noch das Lied lernen?«

Mi Mi schaut mich skeptisch an und legt den Kopf zur Seite. »Ich bin doch ein verwöhntes Einzelkind …«, murmelt sie.

»Ach, ich war doch auch ein Einzelkind, bis Ricky gekommen ist«, sage ich. So vertragen wir uns wieder. Ich übersetze unser kleines Lied ins Chinesische und bringe ihr bei, wie man es auf Deutsch singt. Mi Mi kichert und sie begreift es überraschend schnell. Nach ein paar Minuten singen wir beide schon laut im Taxi:

»Oh, Oh, Oh,
Du armer Floh,
Hast sechs Beine
Und 'nen Holzpopo.

Tier, Tier, Tier,
Du armer Stier,
Du bist verrückt
Und trinkst nur Bier.«

»Was singen die zwei da?«, fragt der Taxifahrer Lao Ye fröhlich. Unsere gute Laune hat ihn angesteckt. Lao Ye blinzelt verwirrt: »Ich weiß es auch nicht. Es ist auf jeden Fall Deutsch.« Und das bringt Mi Mi und mich natürlich erst recht zum Kichern und wir wiederholen das Lied noch einmal ganz laut und stolz zusammen.

Bevor wir ins Bett gehen, frage ich Mi Mi noch: »Möchtest du, dass ich dir morgen zeige, wie man den Schmetterlingsdrachen baut? Vielleicht können wir auch noch einen Tigerdrachen zusammen basteln.«

Am Wochenende fahren wir mit Tante Bin zum Drachensteigen. Im Park sind noch viele andere Kinder mit unterschiedlichen Drachen. Schwarz-weiße Schwalben, rote Goldfische, starke Adler, geschickte Libellen, ein 20 Meter langer chinesischer Drachen, der von zehn Personen hochgezogen werden muss …

Der blaue Himmel sieht mit den vielen bunten Drachen so hübsch aus wie noch nie.

Erst am nächsten Tag erfahren wir, dass Lei bei der Vorprüfung am Donnerstag in Ohnmacht gefallen ist. Ping war im Krankenhaus bei Lei, als ich versucht habe, ihn zu erreichen. Ich wollte doch mit ihm zusammen Pekingente essen gehen.

塞翁失马
焉知非福

刘安

»In allem Schlechten liegt das Gute im Ansatz schon verborgen.«

Liu An (179–122 v. Chr.)

Lei und Abitur

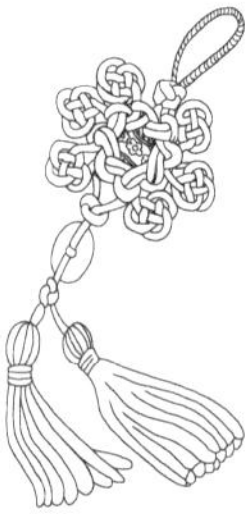

Nachdem Lei in Ohnmacht gefallen ist, sind wir alle niedergedrückt.

»Wie ist das passiert?«, frage ich Ping mitfühlend, als wir nach dem Taiji-Training am Morgen auf dem Maulbeerbaum sitzen.

Ping antwortet, ohne mich anzuschauen: »Ich weiß es auch nicht. Mama hat Lei zur Prüfung begleitet und vor dem Schuleingang auf ihn gewartet. 15 Minuten später ist Lei von zwei Lehrern herausgetragen worden. Sein Gesicht war total mit Blut verschmiert. Niemand hat gesehen, wie es passiert ist.«

»Und wie geht's ihm jetzt?«

»Ach, schon viel besser. Seine Stirn ist an eine Tischecke gestoßen, deswegen hat er so stark geblutet. Mama hatte befürchtet, dass etwas viel Schlimmeres passiert ist, und furchtbar geweint.«

»Zum Glück ist es nur eine Vorprüfung für das Abitur.« Ich bin ein bisschen erleichtert und versuche, Ping zu trösten.

Aber Ping wirft mir einen bösen Blick zu und sagt ärgerlich: »Du bist wirklich eine Banane und kannst es einfach nicht verstehen!« Mit diesen Worten springt er vom Baum herunter.

»Was? Eine Banane?«, frage ich perplex.

»Ja, Banane! Gelbe Haut, aber innen weiß. Ihr wisst gar nicht, was Abitur für chinesische Kinder bedeutet!« Er schaut zornig zu mir empor.

Ich kenne den Begriff »Banane« schon von Lao Ye. Aber Ping meint das jetzt ziemlich böse. Ich rufe bockig zurück: »Was bedeutet denn das Abitur für euch, du schlauer Mango?«

»Mango?« Dieses Mal ist es Ping, der verdattert schaut.

»Ja, Mango! Gelbe Haut und innen auch gelb!« Ich verschränke meine Arme.

»Na, eben alles. Dein ganzes Leben! Wenn man das Abitur nicht schafft, dann ist alles vorbei. Keine Universität, keine Arbeit, kein Geld, kein schönes Leben«, behauptet Ping und schaut mich herausfordernd an.

»Das stimmt nicht. Wie kann eine Prüfung dein ganzes Leben bestimmen?«, frage ich zweifelnd. Aber Ping ist nicht in Diskutierlaune. »Hast du noch nie etwas vom ›Schwarzen August‹ gehört?« Er verdreht die Augen: »Für die Abiturkinder und ihre Eltern ist diese Prüfungszeit im

August einfach furchtbar! Aber das wirst du wohl nie verstehen!«

Ohne ›Tschüss‹ zu sagen, dreht er sich einfach um und haut ab. Fertig. Aus.

Verflixt! In meinen Augen schimmert es jetzt feucht. Ping hat noch nie so mit mir geredet. Ich erinnere mich plötzlich an letzten Donnerstag, als ich von unserem Balkon aus mehrere Leute vor Pings Gymnasium gesehen habe. So viele, dass die Straße vor der Schule fast blockiert war. Autos hupten und Fahrradfahrer schimpften. Aber das hat die Massen nicht gestört. Sie sahen alle so besorgt aus. Oder sahen sie eher erwartungsvoll aus? Was machten sie da? Alle so ernst? Ich habe nicht gewusst, dass das alles Eltern waren, die vor der Schule auf ihre Kinder gewartet haben, weil die gerade die Vorprüfung fürs Abitur machten. Ich habe auch Leis Mama nicht gesehen. Es waren einfach viel zu viele Leute.

Lao Lao meint: »Das Kind hat einfach zu viel Feuer in seinem Körper. Lei muss sich erholen, das ist alles.«

Aber als Lao Lao eine Suppe von Lotossamen, weißen Pilzen und Honig kocht, höre ich, wie sie nebenbei schimpft und brummt: »Meister Zhao muss es doch auch wissen. Wie kann man so etwas zulassen. Die jungen Eltern wissen manchmal gar nicht, was sie ihren Kindern antun. Hat man zu viele Wünsche, verirrt sich das Herz …«

Lao Ye tröstet sie: »Vielleicht hat die ganze Geschichte

auch ihr Gutes. Eine Lehre sollten die Eltern zumindest daraus ziehen.«

Als die Suppe nach zwei Stunden fertig gekocht ist, geht Lao Ye mit der Suppe gleich zu Zhaos. Lei musste nur eine Nacht im Krankenhaus bleiben und ist bereits wieder zu Hause.

»Die Suppe wird Lei bestimmt helfen«, sagt Lao Ye, nachdem er von seinem Besuch zurück ist. Sein Lächeln beruhigt uns etwas. Ich wundere mich nur: Wie viel Feuer kann in Leis Körper stecken? Er ist doch so abgezehrt.

Mama meint am Telefon auch, dass Unglück sich in Glück verwandeln kann. »Wenn ich außer der Chinesisch-Schule noch eine Arbeit bekommen hätte, hätte ich gar nicht so viel Zeit, mein Kinderbuch zu schreiben. In allem Schlechten liegt das Gute im Ansatz schon verborgen.«

»Was für ein Kinderbuch?«, unterbreche ich Mama aufgeregt: »Schreibst du jetzt ein Kinderbuch, Mama?«

»Ja!« Mama lacht auf dem Bildschirm und meint: »Wie kann man besser Deutsch lernen, als ein Buch über seine eigene Tochter auf Deutsch zu schreiben?«

»Nun, vergiss nicht, was du mir versprochen hast«, wechselt Mama das Thema. »Jetzt wird es langsam Zeit, dass du wieder nach Hause kommst, Lisa. Sonst wirst du deinen Bruder nicht mehr wiedererkennen«, sagt sie zum Spaß. Ricky kann anscheinend schon ganz allein die Klingel bei uns erreichen. Bevor ich nach Peking geflogen bin, musste ich ihn beim Klingeln noch hochheben. »Natürlich komme ich nach Hause«, murmele ich.

Aber nicht einfach so! Ich kann es kaum glauben, dass ich in ein paar Tagen schon wieder zurück nach Deutschland fliegen soll. Und dann auch noch dieser Streit mit Ping. Ich habe zu nichts mehr Lust. Sogar in dem 20 000 Quadratmeter großen Pekinger Planetarium mit 3D-Weltraumtheater werde ich melancholisch. Auch danach, als ich Zhen Zhen im Zoo besucht habe, war es ohne Ping einfach nicht das Gleiche. Selbst beim morgendlichen Taiji-Training hat Ping kaum ein Wort mit mir geredet.

Den Rest des Tages verbringe ich einfach im Wintergarten, liege auf dem Bambusbett und lese »Harry Potter«, den ich von Deutschland mitgebracht habe. Ich habe bis jetzt gar keine Zeit gehabt, auch nur eine Seite davon zu lesen.

Als mir die Augen langsam wehtun, lege ich das Buch beiseite. Die Sonne versteckt sich gerade irgendwo hinter den dicken Wolken. Es wird bald regnen, denke ich.

»Nach dem Regen wird es viel kühler und angenehmer sein. Morgen ist laut Mondkalender schon Herbstanfang«, sagt Lao Ye. Er steht an der Tür und fügt noch hinzu: »Ich gehe kurz mal zu Meister Zhao, bin aber zum Abendessen wieder hier.«

Warum geht er wieder zu Meister Zhao?, denke ich verwundert.

Von hier oben kann ich ganz viele Menschen sehen. Sie wirken alle so klein. Warum sind sie so beschäftigt? Wird es überhaupt jemand bemerken, wenn ich nicht mehr in Peking bin? In drei Tagen muss ich schon zurück nach Deutschland …

Ich weiß nicht, wie lange ich auf dem Bambusbett gelegen habe, aber plötzlich höre ich Lao Lao rufen: »Abendessen ist fertig und Lao Ye ist wieder da. Kommst du auch zu Tisch, Lisa?«

»Ich bin noch nicht hungrig«, antworte ich lustlos.

»Bist du krank?« Lao Lao setzt sich neben mich und fühlt mit ihrer Hand nach meiner Stirn. »Zu viel Feuer hast du nicht. Dann wird die Suppe von Lotussamen und weißen Pilzen auch nicht helfen.« Lao Lao denkt nach und behauptet schließlich: »Du hast zu viel Wasser in deinem Körper.«

Zu viel Wasser? So etwas habe ich noch nie gehört.

»Also, da hilft nur …«, Lao Lao spannt mich auf die Folter: »… eine Abschiedsparty!«

»Eine Abschiedsparty?« Ich setze mich gleich auf und starre Lao Lao an.

»Ja, Party-Girl! Eine Abschiedsparty! Und du darfst alle deine Freunde einladen«, sagt Lao Lao lachend.

Super! Ping kann doch nicht wirklich sauer auf mich sein. Wenn ich ihn zu meiner Party einlade, wird bestimmt alles wieder O.K. Ich mache gleich eine Gästeliste im Kopf.

»Darf ich auch Pings Papa einladen?«, frage ich erwartungsvoll.

»Natürlich. Aber du kennst ihn doch kaum«, dringt jetzt Lao Yes Stimme aus dem Wohnzimmer.

»Na und? Ich weiß, dass er die Wahrheit sagt«, rutscht es mir heraus.

»Wie kommst du darauf?« Lao Lao ist erstaunt.

»Ping hat es mir gesagt. Onkel Zhao ist doch kein Spy, oder?«, antworte ich nun ehrlich.

Lao Ye sagt besorgt: »Natürlich ist er keiner. Aber man muss es nicht überall erzählen. Sei vorsichtig …«

»Warum solche Angst?«, unterbricht ihn Tante Bin, die schon mit Mi Mi am Tisch sitzt, plötzlich bockig: »Es ist nicht mehr wie in der alten Zeit. Wir alle wissen doch, was passiert ist. Spy?« Sie rümpft die Nase: »Doktor Zhao kann jederzeit in die USA gehen und dort arbeiten, aber er möchte es nicht. Er hat noch viele Patienten hier, die ihn brauchen. Du weißt doch auch, dass er ein sehr guter Arzt ist, Papa.«

Einen Moment lang herrscht unangenehmes Schweigen. Draußen wühlt jetzt starker Regen in den Bäumen und klatscht laut gegen die Fensterscheiben. Ich sehe fast waagrechte Regenspuren an den Fenstern. Wie kann Tante Bin so etwas zu Lao Ye sagen? Lao Ye hat doch nie Angst vor etwas, denke ich. Nicht mal vor den bösen Wölfen, die er im Wald getroffen hat. Ich gucke verstohlen zu Lao Ye hinüber. Seine Stirn ist in sorgenvolle Falten gelegt und er sieht plötzlich zehn Jahre älter aus.

»Denk mal an deinen Lao Ye, der während dieser schrecklichen Zeit der Kulturrevolution ins Gefängnis gesteckt wurde«, ermahnt Lao Ye Tante Bin.

Ich glaube, er meint meinen Uropa, der während des zweiten Weltkriegs als Arzt eines Generals für die Guomindang, die damalige Regierungspartei Chinas gearbeitet hat. Er hat geglaubt, dass sie am besten gegen die japanischen Aggressoren kämpfen würden. In dem Bürgerkrieg, der dem zweiten Weltkrieg folgte, verlor jedoch die Guomindang gegen die Kommunisten. Obwohl mein Uropa später Direktor eines Krankenhauses wurde, holte ihn in der Kulturrevolution seine Vergangenheit in der Guomindang ein, und er wurde dafür bestraft und für viele Jahre eingesperrt.

»Die Kulturrevolution ist doch schon lange vorbei!«, sagt Tante Bin, ohne Lao Ye anzusehen. »Und auch damals hat Lao Lao den Mut gehabt, bei Opa zu bleiben, obwohl sie aufgefordert wurde, sich von ihm zu trennen. Ihr habt immer gesagt, ohne Lao Lao hätte Opa diese Schande nicht überstehen können.«

Lao Ye schweigt. Ganz leicht nur nickt er zwei Mal mit dem Kopf. Dann dreht er sich um und zieht sich in sein Arbeitszimmer zurück. Sehe ich ein Lächeln in seinen Mundwinkeln? Oder habe ich mir das vielleicht nur eingebildet?

»Natürlich kannst du Onkel Zhao einladen«, sagt Lao Lao und wechselt das Thema: »Was soll ich für deine Freunde denn kochen?«, fragt sie mich.

Die Antwort weiß ich schon ganz genau: »Jiaozi natürlich!«

Jiaozi ist eine traditionelle chinesische Speise, die ähnlich aussieht wie schwäbische Maultaschen. Meine Lao Lao macht die besten Jiaozi der Welt! Das sagt jeder, der Lao Lao kennt. Mama hat mir erzählt, dass Lao Lao und Lao Ye früher zu jedem Frühlingsfest ihre Kollegen nach Hause zum Jiaozi-Essen eingeladen haben. Es war immer ein großes Fest für Mama.

Jiaozi zu machen ist jedoch gar nicht so einfach. Es kostet viel Zeit und Arbeit, aber das Schönste dabei ist, dass jeder mitmachen kann. Selbst kleine Kinder können schon den Teig kneten.

Die letzten Tage sind wie im Flug vergangen. Nachdem ich alle eingeladen und zusammen mit Lao Lao für die Party eingekauft habe, können wir endlich Jiaozi machen.

Bevor die Gäste kommen, hat Lao Ye schon den Teig vorbereitet. Ich habe Lao Lao geholfen, Chinakohl, Frühlingszwiebeln und anderes Gemüse zu waschen. Lao Lao hat zwei unterschiedliche Füllungen vorbereitet: gehacktes Schweinefleisch mit Chinakohl und Tigergarnelen mit Eiern und chinesischem Schnittlauch. Ich war einmal bei einem Jiaozi-Bankett, da gab es über 100 verschiedene Füllungen, aber am liebsten sind mir doch die traditionellen Jiaozi von Lao Lao.

Als Lao Lao das Gemüse klein hackt, fragt sie mich: »Weißt du eigentlich, wie Jiaozi erfunden wurde?«

Ich schüttle den Kopf: »Aber ich weiß, dass die Chinesen schon vor 1800 Jahren Jiaozi gemacht haben.« Das hat Mama mir mal erzählt.

Lao Ye versucht, mir einen Tipp zu geben. »Überlege doch mal, Lisa, wie sieht Jiaozi aus?«

Ich denke ein paar Sekunden nach: »Mm … Ich lasse Mama immer ganz viel Füllung in die Jiaozi hineinpacken, sodass diese fast platzen.« Da zupft Lao Lao mich an der Nase und sagt: »Du kleiner Feinschmecker!« Dann beginnt sie zu erzählen: »Es gab in der Dong Han Dynastie einen sehr berühmten Arzt. Er hieß Zhang Zhongjing und hat in Changsha viele Kranke behandelt, Jung und Alt, Reich und Arm. Als eine Seuche in Changsha ausbrach, hat er einen riesengroßen Topf vor seinem Haus aufgestellt und darin aus Heilkräutern Medizin gekocht. Er verteilte seine Medizin jeden Tag an die Patienten und rettete damit das Leben vieler Menschen. Er gilt heute als der Begründer der traditionellen chinesischen Heilkunde. Als er alt war, setzte er sich zur Ruhe und kehrte in seine Heimat zurück. Es war Winteranfang. Dr. Zhang traf unterwegs auf viele arme Leute, die bei Schnee und bitterer Kälte hungerten und froren. Viele hatten schon Frostbeulen an den Ohren. Das tat ihm so leid, dass er wieder einen riesengroßen Topf aufstellte. Aus gehacktem Lammfleisch, Pfeffer und anderen Kräutern bereitete er eine Füllung zu. Diese gab er auf einen dünnen Nudelteig und formte daraus kleine Teigtaschen, die wie Ohren aussahen. Er nannte sie *Jiao Er*, also Jiao-Ohren, und kochte sie in einer heißen Chili-Suppe. Dann gab er jedem Kranken eine Suppe mit zwei Jiao-Ohren. Nachdem die Kranken davon gegessen hatten, mussten sie ordentlich schwitzen und kamen bald wieder zu Kräften. Zum Chinesischen Neujahr waren alle gesund. Seitdem kochen die Chinesen zum Neujahrsfest immer Jiao Er, die jetzt Jiaozi heißen.«

»Oh ja! Deswegen sehen Jiaozi auch wie Ohren aus!« Es fällt mir wie Schuppen von den Augen.

Plötzlich klingelt es an der Tür: Unsere ersten Gäste sind da.

Mi Mi hält mir stolz ein Buch vor die Nase: »Dieses tolle Buch habe ich mit Mama für dich ausgewählt, damit du noch besser Chinesisch lernen kannst.«

»Danke, Mi Mi. Und wo ist deine Mama?«, frage ich.

»Sie kommt später. Onkel Zhao hat mich vom Kindergarten abgeholt.« Dann verkündet Mi Mi mit Stolz: »Meine Mama gibt jetzt Englisch-Unterricht in ihrem Hotel.«

Onkel Zhao bringt uns eine Flasche Kindersekt und Meister Zhao schenkt mir eine DVD: »Damit kannst du in Deutschland die Grundlagen der Taiji-Formen weiterüben.«

Tante Su bringt ein Foto mit. Darauf ist Zhen Zhen, der Panda abgebildet, wie er mit seiner coolen »Sonnenbrille« in meinen Armen liegt. Ich wusste ja von Anfang an, dass ich Zhen Zhen nicht für immer behalten kann, aber was man im Kopf weiß, ist ganz anders als das, was man im Herzen fühlt. Er wird mir total fehlen.

»Danke!« Ich freue mich über die Geschenke, aber irgendetwas tief in meinem Herzen rührt sich. Es tut mir weh, wenn ich daran denke, dass ich morgen schon China verlassen werde. Es ist fast so wie damals, als wir nach Deutschland gezogen sind.

Als ich Ping vorgestern zu der Abschiedsparty eingeladen habe, haben wir uns gleich versöhnt. Er hat sich am Telefon bei mir entschuldigt.

»Das mit der Banane ... das habe ich nicht wirklich so gemeint. Ich war nur so nervös. In ein paar Jahren muss auch ich das Abitur machen«, sagte er sachlich.

»Na ja, vielleicht wird es nach ein paar Jahren nicht mehr so schlimm sein«, tröstete ich ihn.

Ping schwieg eine Weile und sagte dann: »Mama hat schon mal angedeutet, dass ich vielleicht mein Fußball-Training aufgeben sollte ...«

»Wirklich?« Ich konnte es nicht fassen. Kein Wunder, dass Ping sich so aufgeregt hatte. Er spielt doch so gerne Fußball!

Heute ist Ping sehr ruhig. Ich witzle: »Also, wo ist mein Geschenk, Ping? Gib es gleich her!«

Er zeigt seine leeren Hände und entschuldigt sich: »Ich

habe kein Geschenk mit.« Doch plötzlich strahlen seine Augen, genauso wie damals, als ich ihn kennengelernt habe.

»Aber ich werde dich in Deutschland besuchen!«

»Wirklich? Dann bekomme ich also Besuch aus China! Das ist besser als jedes Geschenk!«, sage ich überglücklich.

»Es wäre super, wenn ich auch in deine Schule gehen könnte«, fügt Ping hinzu. Ich habe Ping einmal erzählt, dass wir in den Ferien gar keine Hausaufgaben haben. Seitdem beneidet er mich immer sehr um meine Schule. Die chinesischen Kinder haben eben viele Hausaufgaben, auch in den Ferien.

»Hallo, Lisa«, höre ich plötzlich eine aufgeregte Stimme hinter mir.

»Lei?« Irgendwie klingt er heute ganz anders und sieht auch so verändert aus. Nicht nur wegen der kleinen neuen Narbe auf seiner Stirn, sondern wegen seiner ganzen Haltung. Er wirkt fast heiter und ist auch nicht so blass wie früher. Besitzt Lao Laos Suppe wirklich Zauberkraft, dass Lei nach ein paar Tagen schon wieder gesund ist?

»Ich habe gerade einen Brief von der Kunstakademie bekommen. Sie haben mich zur Aufnahmeprüfung zugelassen und ich werde hingehen«, sagt er. Die Aufregung ist ihm ins Gesicht geschrieben.

»Das ist toll! Ich gratuliere! Aber was ist mit Mathe?«, rutscht es mir heraus.

Lei bläst die Luft aus den Wangen. »Ich muss da keine Matheprüfung machen. Ich muss einfach nur etwas malen.« Er lacht ein bisschen schüchtern.

»Darf ich euch etwas verraten?« Unbemerkt steht Tante Bin schon hinter uns. Sie sagt mit einer geheimnisvollen, tiefen Stimme: »Ich habe auch nie Mathe gemocht. Mathe war nie mein Ding.« Dann schreit sie plötzlich laut ins Zimmer: »Aber ich habe heute einen Fünf-Millionen-Yuan-Vertrag für unser Hotel abgeschlossen!«

Wow, so viel Geld kann ich mir gar nicht vorstellen. Das ist echt großartig, denke ich, genauso wie alle anderen im Zimmer, die laut jubeln und Tante Bin gratulieren.

»Hier noch ein kleines Geschenk von mir.« Lei übergibt mir eine Papierrolle und meint aufmunternd: »Los, mach es auf!«

»Das bin doch ich!«, rufe ich völlig überwältigt. Keiner kann besser malen als Lei! Auf dem Bild bin ich in meinem gelb-schwarzen Seiden Outfit zu sehen, wie ich gerade mit einem langen Taiji-Schwert eine goldbraune Pekingente in Scheiben schneide. Alles wirkt so lebendig, als ob es wirklich geschehen wäre.

Irgendwann hat sich Onkel Zhao hinter uns gestellt und schaut nun auch das Bild an. Er legt den Arm um Lei und sagt kein Wort. Aber seine Augen funkeln vor Stolz.

Als wir mit dem Kindersekt anstoßen, rufe ich laut vor Freude: »Auf die Reise nach China!«

»Und auf die Reise nach Deutschland!«, fügt Ping genauso begeistert hinzu.

»Und auf die Kunstakademie!«, meint Lei lachend.

»Halt!«, ruft Mi Mi hastig.

Wir können gerade noch die Gläser vor den Lippen anhalten und starren sie verdutzt an.

Mi Mi überlegt ein paar Sekunden. Dann prostet sie uns zu: »Und auf meinen Hund Lucky!«

»Du hast einen Hund bekommen, Mi Mi?«, frage ich verblüfft.

»Noch nicht. Aber wenn ich meinen nächsten Geburtstag habe, bekomme ich einen. In drei Wochen! Das hat Mama mir versprochen!«

Boah, da hat Mi Mi aber Glück. Einen eigenen Hund. Kein Wunder, dass sie ihn »Lucky« nennt.

床前明月光
疑是地上霜
举头望明月
低头思故乡

李白

»Vor meiner Bettstatt lag wie Reif so weiß
des Mondlichts mitternächtiges Gegleiß.
Ich hob das Haupt – der Mond schien voll und blank –
und ließ es wieder sinken, heimwehkrank.«

Li Bai (700 n. Chr.)

Jiaozi für alle

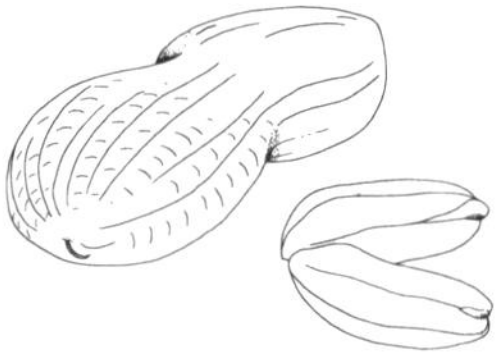

Fröhliches Gelächter dringt jetzt aus der Küche: Die Erwachsenen haben angefangen, Jiaozi zu machen.

Durch die offene Tür höre ich die Stimme von Pings Papa: »Danke, dass Sie Lei das Malen gelehrt haben. Und dass sich Lei bei der Kunstakademie bewerben sollte, war wirklich eine gute Idee von Ihnen. Seine Mama war so verzweifelt …« Dann höre ich Lao Ye antworten: »Keine Ursache. Ich habe nur mit Lei zusammen gemalt – und seine Bilder Herrn Qian gezeigt. Mehr nicht. Der meint auch, dass Lei sehr talentiert ist. Die Kunstakademie wäre genau das Richtige für ihn …«

Ach so? Herr Qian – der Modern-Art-Künstler. War Lao Ye deswegen die letzten Tage wieder so beschäftigt?

Wir Kinder wollen natürlich auch beim Kochen helfen. Die Küche riecht schon nach den leckeren Füllungen. Lao Ye rollt die kleinen runden Teigstückchen blitzschnell aus und wir packen die Füllungen hinein. Dann legt Mi Mi die fertigen Jiaozi ordentlich auf Holzplatten. Das ist wirklich Teamarbeit! Ich habe mit Ping versucht, ein paar Jiaozi wie Pinguine und Igel zu formen, und die hat Mi Mi gleich für sich reserviert.

»Bei euch ist vielleicht was los!« Mit diesen Worten kommt Onkel Peter durch die Tür.

»Onkel Peter!« Ich stürze mich sofort in seine Arme und wundere mich gleichzeitig: »Wie bist du hereingekommen?« Der Soldat, der den Eingang des Wohncompounds bewacht, muss doch dem Gastgeber Bescheid geben, bevor er Besuch reinlässt. Wie ist Onkel Peter zu uns gelangt, ohne dass wir vorher angerufen wurden?

»Tja, nichts ist unmöglich!«, erzählt Onkel Peter. »Ich habe zuerst versucht, den Soldaten davon zu überzeugen, dass ich eigentlich ein Chinese bin. Aber das hat er mir nicht geglaubt und dabei immer wieder meine blonden Haare angeschaut. Dann kam mir jedoch der Direktor des Instituts entgegen. Den kenne ich sehr gut durch ein Interview und die gemeinsame Arbeit an einem Dokumentarfilm. Er hat dem Soldat gesagt, dass ich eine gute ›große Nase‹, also ein guter Ausländer bin. Und plötzlich durfte ich einfach passieren.«

Das ist wieder so typisch. Onkel Peter bleibt einfach keine Tür verschlossen.

Als ich ihm Meister Zhao vorstelle, erzählt Onkel Peter ihm sofort die Geschichte von dem bösen Kerl im Park.

Ich schlucke. Ich hatte Meister Zhao extra nichts davon gesagt, weil ich an die 200 Kicks denken musste. Doch Meister Zhao lobt mich sogar.

»Nicht schlecht, Lisa!«, sagt er und kann sich dabei ein Lächeln nicht verkneifen.

»Normalerweise muss man viele Jahre üben, bevor man die Techniken richtig anwenden kann.«

Ping, dem ich natürlich ganz ausführlich davon erzählt hatte, flüstert mir ins Ohr: »Ich finde, dein Trick am Ende war das Allerbeste. Außerdem«, fügt Ping nun etwas ernsthafter hinzu, »sagt Opa immer, dass es nicht reicht, wenn ein Meister nur mutig ist und seine Kampfkunst gut beherrscht. Er muss auch findig sein. Sonst ist er doch nur ein kühner Held ohne klaren Kopf.«

Lao Laos Jiaozi sind ein Gedicht – wie immer. Aber als ich meine erste Jiaozi esse, beiße ich plötzlich auf etwas Hartes.

»Was ist das!?«, rufe ich. »Ich habe eine Erdnuss in meiner Jiaozi!! Mi Mi, hast du Erdnüsse in die Jiaozi getan?«

Aber Mi Mi zeigt mir nur ein schelmisches Grinsen. »Ich war es nicht. Lao Lao war es!«, protestiert sie laut und alle lachen.

»Warum lacht ihr so?« Ich schaue verwirrt hin und her, von einem zum anderen.

Meister Zhao sagt endlich: »Das hat bestimmt deine Lao Lao gemacht. Wenn man auf eine Erdnuss beißt, bringt das Glück für das ganze kommende Jahr. So sagen wir beim Frühlingsfest. Also viel Glück, Lisa!«

Jetzt beglückwünschen alle anderen mich auch.

»Ich wünsche mir nur, dass ich zum Frühlingsfest noch einmal kommen kann«, sage ich. »Ich möchte so gern Lao Laos Jiaozi-Party miterleben. Mama sagt, dass da immer ganz viele Leute eingeladen werden.«

Lao Lao meint kopfschüttelnd: »Das chinesische Frühlingsfest ist wie Weihnachten in Deutschland. Da bleiben die Familien unter sich. Partys mit Freunden macht man irgendwann anders.«

»Aber Mama sagt, dass ihr immer ganz viele Leute eingeladen und zusammen das chinesische neue Jahr gefeiert habt. Und du hättest immer die besten Jiaozi für die Party gekocht.«

»Oje, das ist aber schon lange her«, sagt Lao Lao nachdenklich. »Damals waren viele unserer Kollegen noch nicht verheiratet und wohnten sehr weit weg von zu Hause. Sie hätten das Frühjahrsfest ganz allein verbringen müssen und das wäre sehr traurig gewesen. So haben Lao Ye und ich solche Kollegen zu uns nach Hause eingeladen. Jetzt haben sie doch alle schon selbst Familien und feiern bei sich.« Lao Lao schaut Lao Ye an und beide lächeln.

Tante Bin kommt auch dazu: »Damals hatten wir nur zwei kleine Zimmer und sehr wenig Möbel. Aber Lao Lao und Lao Ye haben zwei Tische zusammengestellt und trotzdem viele Freunde eingeladen. Damals war Fleisch besonders schwierig zu bekommen. Nur beim Frühlingsfest konnten wir leckere Jiaozi essen. Deine Mama hat recht: Lao Laos Jiaozi-Partys waren die besten Partys überhaupt.«

Lao Lao sagt: »Auch die Stühle haben kaum gereicht. Aber niemand hat sich beklagt. Es war wirklich schön.«

Ach so ist das. Ich umarme Lao Lao und frage: »Ich mag aber deine Jiaozi am liebsten. Kann ich trotzdem zum Frühlingsfest zu euch kommen und Jiaozi essen?«

»Natürlich kannst du«, lächelt Lao Lao mich an. »Jiaozi sind für alle …«, sagt sie und plötzlich versagt ihre Stimme. Sie nimmt schnell ein Taschentuch und tupft sich ihre Augenwinkel trocken. Dann flüstert sie in mein Ohr: »Aber das kleine Boot muss erst mal zu Mama nach Hause treiben.«

Ich verstehe plötzlich, was Mama mir gesagt hat: »Freud und Leid, Wiedervereinigung und Trennung gehören zusammen.« Und ich flüstere zurück: »Ich bin aber auch hier zu Hause, nicht wahr, Lao Lao?«

Als sich unsere Blicke treffen, erstrahlt auf Lao Laos Gesicht ein wunderschönes Lächeln. Sie sagt: »Aber natürlich. Du hast eben Glück, dass du in China und in Deutschland zu Hause bist.«

Welches chinesische Sprichwort hat Mama mir damals erzählt, als wir umziehen mussten? »Ein richtiger Kerl ist überall auf der Welt zu Hause.« Beleidigt brummte ich sofort: »Aber ich bin doch kein Kerl.« Da antwortete Mama geduldig: »Ein ›richtiger Kerl‹ ist nichts anderes als ein Mensch mit großem Herz. Der Grund des Herzens ist weiter entfernt als das Ende der Welt. Jeder kann ein großes Herz haben.« Als sie das sagte, sah ich in ihren Augen weder Heimweh noch Fernweh. »Wie kann man so sein?«, fragte ich mich damals.

Jetzt verstehe ich Mama. Aber ich glaube, eines hat sie damals nicht gesagt. »Wo man wirklich zu Hause ist, ist dort, wo die Familie ist.« Das habe ich selbst herausgefunden.

»Ist das nicht eure Kanzlerin?«, schreit Ping plötzlich und zeigt mit dem Finger zum Fernseher. In den Nachrichten wird über den Besuch der deutschen Kanzlerin in China berichtet. Sie probiert gerade das Diabolo-Spiel aus, das viele Chinesen am Morgen im Park spielen.

»Das ist sie«, bestätige ich stolz.

Ping betrachtet sie und sagt nach einer Weile: »Sie kann aber gut mit dem Diabolo spielen!«

»Wenn ich gewusst hätte, dass sie auch hier ist«, sage ich gut gelaunt, »hätte ich sie zu Lao Laos Jiaozi eingeladen.«

Pings Mund klappt ein paar Mal auf und zu – wie bei einem nach Luft schnappenden Karpfen. Ungläubig fragt er: »Du willst eure Kanzlerin einladen? Meinst du das ernst?«

Ich muss lachen: »Warum nicht? Lao Lao hat doch gesagt, dass Jiaozi für alle sind.«

Während wir laut lachen, bekomme ich das Gefühl, dass in diesen Sommerferien alles möglich ist. Selbst wenn Sophie jetzt zur Tür hereinkäme, würde ich mich nicht wirklich wundern. In den letzten E-Mails haben wir uns für ein Treffen in Frankfurt verabredet. Sie hat ihre Eltern davon überzeugt, sie nach Frankfurt zu fahren, wo wir uns am Flughafen treffen werden. Da haben wir dann noch einen Tag Zeit, um gemeinsam etwas zu unternehmen.

Es ist schon spät. Alle Gäste sind gegangen und ich merke plötzlich, wie still die Nacht ist. Auch mein dicker Koffer, den Lao Lao schon fünf Mal ein- und ausgepackt hat, steht ruhig in der Ecke und wartet auf morgen.

Heute Abend glitzern sogar Sterne am Himmel, was man in Peking selten sieht. Nach dem starken Regen der letzten Tage ist die Stadt abgekühlt. Der Herbst liegt in der Luft und ich kann ihn schon riechen.

Ich halte meinen Tiger Lily fest im Arm und kuschle mich in meine Bettdecke, kann aber einfach nicht einschlafen.

Das Mondlicht schimmert jetzt durch das Fenster. Bald wird in China das Mondfest gefeiert, bei dem alle Familien zusammenkommen, um den hellen Vollmond zu bewundern. Lao Lao hat uns eben noch erzählt, wie hübsch die Laternen aussehen, die zum Mondfest aufgehängt werden, und wie Tänzer durch die Straßen wirbeln und den wunderschönen Drachentanz aufführen …

Schläfrig höre ich wieder, wie Lao Lao für Mi Mi das Schlaflied singt. Sanft schwebt ihre Stimme durch die Nacht und erfüllt sie wie der Schein des Mondes:

»Silberfluss am blauen Himmel,
Kleines Boot mit weißem Segel,
Süße Blüten friedlich duftend,
Jadehase sorglos spielend,
Kleines Boot mit weißem Segel,
Westwärts nach Hause schwebend…«

KLEINES CHINA-GLOSSAR

Hier findest du die wichtigsten chinesischen Begriffe erklärt, die in Lisas Geschichte auftauchen.

Abitur in China (高考, gāo kǎo): Die als »Hoher Test« bezeichnete Schulabschlussprüfung ermöglicht den Zugang zum Studium. Während der Prüfung werden die Städte in eine Art Ausnahmezustand versetzt. Es soll absolute Ruhe herrschen. Bereits in der Nacht vor dem Zentralabitur dürfen Chinas Bauarbeiter nicht mehr arbeiten, damit die Schüler schlafen können. Viele Schüler leiden unter der harten Konkurrenz und dem enormen Leistungsdruck, denn die Durchfallquote ist sehr hoch (2009: 50 %).

Akupunktur (针灸, zhēn jiǔ): gehört zur traditionellen chinesischen Medizin. Dabei werden Nadeln in ganz bestimmte Stellen des Körpers, die sogenannten Akupunkturpunkte, gestochen, damit das Chi, die Lebensenergie, gut fließen kann und der Patient wieder gesund wird. Die Nadeln sind so dünn, dass man bei richtiger Anwendung nicht blutet.

Chang'e (嫦娥, cháng'é): chinesische Göttin des Mondes. Nachdem Chang'e die Pille der Unsterblichkeit verschluckt hat, ist sie zum Mond aufgestiegen. Seitdem lebt sie dort im Mondpalast. Während bei uns vom »Mann im Mond« gesprochen wird, sprechen die Chinesen von der »Frau im Mond«.

Chi (气, qì): bedeutet »Lebenskraft« oder »Lebensenergie«. Die traditionelle chinesische Medizin geht davon aus, dass im menschlichen Körper Energie fließt. Diese brauchen wir zum Leben. Wenn sie langsamer fließt oder ganz ins Stocken kommt, wird der Mensch krank. Durch verschiedene Übungen (Atem-, Bewegungs- und Meditationsübungen, zu denen auch Kampfkünste wie das Taiji gehören), kann man lernen, Chi wahrzunehmen, zu kontrollieren, anzureichern und zu harmonisieren.

Chinesische Kalligrafie (书法, shū fǎ): Kalligrafie ist die Kunst des »Schönschreibens«. Die chinesischen Schriftzeichen werden dabei mit Pinsel und Tusche auf Reispapier geschrieben. Sie sollen möglichst elegant aussehen und dürfen nicht nachträglich korrigiert werden. Große Kalligrafen können in China genauso berühmt werden wie bedeutende Maler. Der berühmteste chinesische Kalligraf hieß Wang Xizhi (321 bis 379) und er schrieb über seine Kunst: »Jeder waagerechte Strich ist wie ein Wolkenhaufen in Schlachtordnung; jedes Häkchen ist ein Bogen von großer Spannkraft; jeder Punkt ist wie ein Felsen, der vom Gipfel stürzt; jede Ausbiegung ist wie ein trockenes Weingerank von hohem Alter; jeder rasche, frei hingesetzte Strich ist ein Wettläufer am Start.«

Chinesische Mauer (万里长城, wàn lǐ cháng chéng): mit 8 851,8 km Länge das größte Bauwerk der Welt. Sie diente dem Schutz des chinesischen Kaiserreichs vor nomadischen Reitervölkern aus dem Norden. Es gibt die Legende, die Chinesische Mauer sei das einzige von Menschen geschaffene Bauwerk, das man vom Mond aus sehen könne.

Chinesische Schriftzeichen (汉字, hàn zì): sehen aus wie kleine Bilder und setzen sich aus einzelnen Strichen und Punkten zusammen. Jedes Zeichen steht für eine Silbe der chinesischen Sprache und hat eine eigene Bedeutung. Es gibt mehr als 50 000 Schriftzeichen, von denen aber 85 % heute gar nicht mehr benutzt werden. Chinesische Kinder lernen ungefähr 3 000 Schriftzeichen in der Grundschule. Das reicht in etwa, um eine Zeitung lesen zu können.

Chinesische Tierzeichen (属相, shŭ xiang): In China gibt es keine Sternzeichen wie in unserem Horoskop. Keine Stiere, Schützen oder Zwillinge. Dafür aber Tierzeichen. Jedes neue Jahr wird mit einem Tiernamen bezeichnet: Ratte, Rind, Tiger, Hase, Drache, Schlange, Pferd, Ziege, Affe, Hahn, Hund und Schwein. Die Reihenfolge ist festgelegt und wiederholt sich alle 12 Jahre. Viele Chinesen glauben, dass die Charaktereigenschaften und das Schicksal eines Menschen von seinem Tierzeichen abhängen. Wenn du z. B. zwischen dem 05.02.2000 und dem 23.01.2001 geboren wurdest, dann bist du ein Drache und der ist angeblich mutig und tüchtig.

Compound (大院, dà yuàn): Ein Compound ist eine aus mehreren Häusern bestehende, bewachte Wohnanlage, die meist mit einem Zaun oder einer Mauer abgeschlossen ist. In China leben die meisten Stadtbewohner in solchen Wohnanlagen. Unbewachte Wohnanlagen gibt es eher selten in den Städten.

Die drei bitteren Jahre (三年困难时期, san̄ nián kùn nan shí qī): 1958 rief der damalige führende chinesische Politiker Mao Zedong zum »Großen Sprung nach vorn« auf. China sollte eine wirtschaftliche Großmacht werden und die Industrie wurde ausgebaut. Gleichzeitig vernachlässigte man die Landwirtschaft, was zur größten von Menschen ausgelösten Hungersnot der Geschichte führte: Zwischen 1958 und 1961 kostete das schätzungsweise 30 Millionen Menschen das Leben. Deshalb nennt man diese Zeit in China auch »Die drei bitteren Jahre«.

Feng Shui (风水, fēng shuǐ): heißt wörtlich übersetzt »Wind und Wasser« und ist eine philosophische Lehre von der Harmonie des Menschen mit seiner Umwelt. Durch die Beachtung verschiedener Regeln bei der Gestaltung der Wohn- und Lebensräume soll die Lebensenergie, das Chi, besser fließen können und man fühlt sich wohler in seinen Räumen. Wenn du in deinem Zimmer z.B. einen Spiegel hast, so ist es laut Feng Shui gut, wenn du von deinem Bett aus *nicht* reinschauen kannst.

Drachentanz (舞龙, wǔ lóng): Der Drachentanz ist ein traditioneller Bestandteil vieler chinesischer Feste. Eine große Drachenfigur wird von mehreren Tänzern an langen Stangen geführt und im Rhythmus der Musik bewegt. Durch bestimmte Schrittfolgen, zusammen mit dem Heben und Senken der Stäbe, bringen die Tänzer den Drachen zum »Fliegen«. Feuerwerk – meist mit Knallkörpern! – begleitet den Drachentanz.

Frühlingsfest (春节, chūn jié): auch chinesisches »Neujahrsfest« genannt, fällt auf den ersten Tag des Mondkalenders. Nach unserem Sonnenkalender ist das ein Tag irgendwann zwischen Mitte Januar und Anfang Februar. Es ist das wichtigste Familienfest für Chinesen im In- und Ausland, so wie Weihnachten bei uns. Die Familien kommen zusammen und es herrscht Reisehochsaison. Haus oder Wohnung werden blitzsauber geputzt. Die Kinder bekommen oft neue Kleidungsstücke und ein Geldgeschenk, das in einem roten Umschlag steckt. Rot deshalb, weil diese Farbe Glück bringen soll. Und zu essen gibt es meist »Jiaozi«, die gefüllten Teigtaschen.

Großer Buddha von Leshan (乐山大佛, lè shān dà fó): wurde vor etwa 1300 Jahren aus einem Felsen gehauen. Er befindet sich in der Nähe der chinesischen Stadt Leshan (Provinz Sichuan), und zwar genau dort, wo drei Flüsse ineinanderfließen. Er ist die weltgrößte Buddha-Steinstatue, über 70 Meter hoch, und gehört seit 1996 zum UNESCO-Welterbe.

Jadehase (玉兔, yù tù): nach der chinesischen Legende das weiße Kaninchen, das zusammen mit der Göttin Chang'e im Mondpalast lebt. Zum Glück, sonst wäre Chang'e so allein dort oben.

Jiaozi (饺子, jiǎo zi): sind halbmondförmige, gefüllte Teigtaschen. Beim Frühlingsfest wird dieses traditionelle chinesische Essen in vielen chinesischen Familien gemeinsam zubereitet.

Kulturrevolution (文化大革命, wén huà dà gé mìng): 1966 rief der damalige führende chinesische Politiker, Mao Zedong, die »Große Proletarische Kulturrevolution« aus. Er wollte angeblich rückschrittliches Denken bekämpfen und deshalb sollten traditionelle chinesische Werte wie Familie, Religion und alte Bräuche aufgegeben werden. Mao hetzte viele junge Chinesen auf und diese zogen dann – fast blind ihrem Führer folgend – durchs Land, zertrümmerten buddhistische Tempel und verbrannten Bücher. Zahlreiche Chinesen, vor allem Intellektuelle, wurden verhaftet.

Nach Maos Tod 1976 wurde die Kulturrevolution beendet. Für viele Millionen von Schülern und Studenten war diese Zeit eine verlorene Zeit, in der sie nicht lernen oder zur Universität gehen konnten. Man nennt sie deshalb auch Chinas »verlorene Generation«.

Kung-Fu (功夫, gōng fu): ein Oberbegriff für alle Kampfsportarten und Kampfkünste, die aus China stammen. Es gibt sehr viele verschiedene Kung-Fu-Stile. Alle wurden zur Selbstverteidigung und zum Kampf erfunden, dienen heute jedoch hauptsächlich zur Verbesserung der Gesundheit. Sie fördern Beweglichkeit, Koordination, Selbstdisziplin und Konzentration.

Mao Zedong (毛泽东, Máo Zédōng): hat fast dreißig Jahre lang China regiert und jedes chinesische Kind kennt ihn. Er wurde 1893 geboren und stammte aus einer Bauernfamilie.

1949 hat er als Vorsitzender der Kommunistischen Partei die »Volksrepublik China« gegründet und viele Menschen sahen ihn damals als »Befreier« an, weil er den Bürgerkrieg beendete. Während seiner Herrschaft starben viele Menschen aufgrund politischer Kampagnen und schlimmer Fehlentscheidungen in der Wirtschaft.

Mondfest (中秋节, zhōng qiū jié): auch »Mittherbstfest« genannt, wird in China am 15. Tag des 8. Mondmonats gefeiert; nach unserer Zeitrechnung fällt das auf einen Tag im September/Anfang Oktober. Neben dem Frühlingsfest ist es eines der wichtigsten Feste Chinas. Traditionell bewundern die Chinesen in der Mondfest-Nacht den hellen Vollmond und essen dazu kleine Mondkuchen mit verschiedenen, vor allem süßen, aber auch salzigen Füllungen.

Mondkalender (阴历, yīn lì): So wie sich der Sonnenkalender am Lauf der Erde um die Sonne orientiert, orientiert sich der Mondkalender am Lauf des Mondes. Er basiert auf der Zeitspanne zwischen zwei Neumonden, wobei ein Mondjahr in etwa 11 Tage kürzer ist als ein Jahr in einem Sonnenkalender. Die chinesischen Behörden haben 1911 den heute weltweit verbreiteten Gregorianischen Sonnenkalender übernommen. Aber die traditionellen chinesischen Feste und Tierzeichen richten sich immer noch nach dem Mondkalender.

Namensgebung: Bei chinesischen Namen steht an erster Stelle der Familienname, dahinter erst der Vorname. Also »Wang Lisa«. Wenn eine Frau heiratet, so behält sie ihren Nachnamen und der Mann ebenso. Wird dann ein Kind geboren, dann bekommt es normalerweise den Familiennamen des Vaters. Bei der Auswahl des Vornamens achten die Eltern darauf, dass er eine schöne Bedeutung hat. Z. B. bedeutet »Ping« friedlich oder beruhigend.

Nǐ Hǎo (你好, nǐ hǎo): »Hallo« auf Chinesisch

Lao Lao (姥姥, lǎo lao): die Großmutter mütterlicherseits. Die Großmutter väterlicherseits heißt »Nai Nai«. Es gibt also nicht nur den allgemeinen Begriff »Oma« wie bei uns.

Lao Ye (姥爷, lǎo ye): der Großvater mütterlicherseits. Der Großvater väterlicherseits heißt »Ye Ye«.

Löwentanz (舞狮, wǔ shī): wie der Drachentanz ein traditioneller, chinesischer Tanz. Zwei Personen schlüpfen dabei in ein »Löwenkleid« und imitieren zu Musik die Bewegungen und das Verhalten eines Löwen. Manchmal werden kleinere Löwen auch nur von einem Tänzer gespielt. Der Löwentanz wird bei vielen chinesischen Festen aufgeführt und ist eng mit Kung-Fu verwandt.

Panda (熊猫, xióng māo): das beliebteste Tier Chinas. Er bewohnt Laubwälder im bergigen Zentralchina, wo das Unterholz zum größten Teil aus Bambus besteht. Da sich Pandas nur langsam fortpflanzen und sich fast ausschließlich von Bambus ernähren, leben trotz vieler Rettungsversuche nicht einmal mehr 1 000 Tiere in Freiheit. Der Panda steht unter Artenschutz und ist das Symbol des WWF (World Wild Fund for Nature), der größten internationalen Naturschutzorganisation.

Peking (北京, bĕi jīng): ist seit 1421 die Hauptstadt der Volksrepublik China und hat eine über dreitausendjährige Geschichte. Ungefähr 15,5 Millionen Einwohner leben dort. Das sind fast so viele wie in den beiden Bundesländern Bayern und Sachsen zusammen. »Beijing« ist die chinesische Bezeichnung für Peking und bedeutet «Nördliche Hauptstadt«. Früher gab es in China auch eine »südliche Hauptstadt«: Nanjing.

Pekingente (北京烤鸭, bĕi jīng kǎo yā): gehört zu den berühmtesten Gerichten der chinesischen Küche. Ihre Zubereitung ist sehr aufwändig – sie wird daher meist in spezialisierten Restaurants zubereitet und genossen.

Pekingoper (京剧, jīng jù): eine besondere Form der chinesischen Oper, in der Musik, Gesang, Pantomime, Tanz, Masken, Kostüme und Kampfkunst miteinander verbunden werden. Der Sänger einer Pekingoper ist daher gleichzeitig auch Schauspieler, Akrobat und Pantomime. Die Stoffe stammen meist aus alten Volksmärchen und Sagen und sind beim Publikum bekannt.

Seidenraupe (蚕, cán): Larve des Seidenspinners. Die Raupen dieses Schmetterlings werden zur Erzeugung von Seide gezüchtet und ernähren sich von den Blättern der Maulbeerbäume. Die Züchtung von Seidenraupen und die Herstellung von Seide lässt sich in China bis ins 3. Jahrhundert v. Chr. zurückverfolgen.

Shi Fu (师父, shī fu): wird in den chinesischen Kampfkünsten, aber auch in manchen Berufen, wie z.B. bei Köchen, als respektvolle Anrede für einen erfahrenen Meister verwendet. Lehrer in Schule und Universität werden übrigens mit »Lao Shi« (老师, lǎoshī) angesprochen, das bedeutet einfach nur »Lehrer(in)«.

Taiji (太极, tài jí): auch »Tai Chi Chuan« genannt, wurde ursprünglich als Kampfkunst zur Selbstverteidigung entwickelt. Heute wird Taiji in China meist stark vereinfacht als Volkssport praktiziert. Die entspannten und fließenden Bewegungen fördern Gesundheit und Konzentrationsvermögen und haben oft fantasievolle Namen, wie z. B. »Den Vogel am Schwanz fassen«.

Traditionelle chinesische Medizin (中医学, zhōng yī xué): chinesische Heilkunde mit einer über 2 000 Jahre alten Geschichte. Zu ihren Heilmethoden gehören unter anderem die Akupunktur, Massagetechniken und spezielle Bewegungsübungen wie Taiji.

Verbotene Stadt (紫禁城, zǐ jì chéng): eine riesige Palastanlage mitten im Zentrum Pekings, die vor fast 600 Jahren erbaut wurde und von einer über acht Meter hohen und sechs Meter dicken Mauer umgeben ist. Früher wohnte hier die kaiserlichen Familie, und nur Adlige, Staatsbeamte und Bedienstete hatten Zutritt. Heute ist sie ein Museum und gilt als Meisterwerk der chinesischen Architektur. Zeitweise wohnten und arbeiteten hier mehr als 30 000 Menschen. Es war also eine richtige Stadt in der Stadt.

Xiao Meimei (小妹妹, xiǎo mèi mei): bedeutet auf Chinesisch »kleine Schwester«. Ein kleines Mädchen wird oft auch so genannt.

Yuan (元, yuán): Währung der Volksrepublik China. Offiziell heißt sie »Renminbi«, was »Volkswährung« bedeutet. Ein Euro ist ungefähr zehn Yuan wert. Dafür bekommst du in China zwei Kugeln Eis.

DANKSAGUNG

Bedanken möchte ich mich beim Lesekreis der Freien Montessori Grundschule Stelzendorf, Chemnitz. Ohne die Begeisterung der Kinder über die Geschichte von Ping und Meister Zhao wären sehr wahrscheinlich keine weiteren Kapitel entstanden.

Bedanken möchte ich mich bei Frau Sigrid Vieth, meiner Lektorin. Die Zusammenarbeit hat mir unglaublich viel Spaß gemacht.

Bedanken möchte ich mich bei meiner Schwiegermutter Christine Kalbskopf, die mir sehr viel Zeit und Unterstützung geschenkt hat.

Ganz besonders bedanken möchte ich mich bei meinem Mann, Steffen, der immer an mich glaubt. Ohne ihn hätte ich nie den Mut gehabt, ein deutsches Buch zu schreiben.

Etel Brüning
DIE STRANDRÄUBER
Ein Ferienabenteuer
auf Sylt
144 Seiten
ISBN 978-3-8432-1002-7

Klara verbringt ihre Sommerferien wie jedes Jahr mit ihrer Familie, ihren zwei Hunden und Freunden auf Sylt. Alles scheint wie immer zu sein. Doch dann erhalten Klaras Freundin Luise und ihre Mutter plötzlich mysteriöse Drohbriefe. Irgendjemand will sie hier auf Sylt nicht haben ... Und schon stecken die Freunde in einem spannenden Kriminalfall und gehen gemeinsam auf Verbrecherjagd.

Spannender Nordsee-Ferien-Krimi!

Eine Nacht im Gruselwald

Cynthea Liu
PAULA PAN TRAUT SICH WAS
Aus dem amerikanischen Englisch von Gerold Anrich und Martina Instinsky-Anrich
320 Seiten
ISBN 978-3-8432-1007-2

Paula Pan ist neu in der Stadt. Umso mehr freut es sie, dass sie gleich am ersten Schultag zwei neue Freundinnen findet und sogar zu einer Geburtstagsfeier eingeladen wird! Doch die Sache hat einen Haken: Sie soll bei einer Mutprobe mitmachen, ausgerechnet in dem gruseligen Wald hinter ihrem Haus. Dabei hört sie eindeutig Spukgeräusche aus der verfallenen Scheune am Rande des Grundstücks – gibt es hier etwa Geister? Paula muss es wohl herausfinden …

Abenteuer im Schrebergarten

Brigitte Bücker
TREFFPUNKT
PARZELLE 4
Nur die Freundschaft zählt
160 Seiten
ISBN 978-3-8432-1012-6

Als Karo und ihre Freunde den Sommerferien entgegensehen, scheinen die Aussichten eher trübe. Karo soll auf Hund und Schrebergarten der alten Frau Erichsen aufpassen, und die anderen wollen eigentlich wegfahren. Doch dann ändert sich alles: Die vier Freunde verbringen die Ferien zusammen und bekommen auch noch die Erlaubnis, im Schrebergarten zu übernachten! Freiheit pur! Doch das ist nur der Auftakt zu einem spannenden Sommerabenteuer ...

Komisch-spannendes Actionabenteuer

Rob Stevens
DAS AMULETT DES KARTENMACHERS
Aus dem Englischen von Kathariana Orgaß und Gerald Jung
256 Seiten
ISBN 978-3-8432-0052-3

England, 15. Jhd.: Der 12-jährige Waisenjunge Hugo bricht mit seinem Onkel zu einer Entdeckungsreise auf, um neue, unbekannte Länder zu erforschen. Aber nicht einmal in seinen kühnsten Träumen hätte Hugo sich vorstellen können, dass es eine verzauberte Insel gibt, auf der blutrünstige Vampirfledermäuse und fliegende Ratten ihr Unwesen treiben! Und die entführen ausgerechnet seinen Onkel. Das fliegende Schwein Pigasus und die tapfere Maus Herkules kommen Hugo zu Hilfe – gemeinsam sind sie unschlagbar!

Baumhaus Taschenbuch

Ein kleiner Hund im Weihnachtschaos

Ulrike Gerold
EIN HUND NAMENS
HAUSSCHUH
Eine Weihnachtsgeschichte
112 Seiten
mit zahlreichen
Abbildungen
ISBN 978-3-8432-0040-0

»Hausschuh« ist ein kleiner Hund. Er spielt gerne mit seinen Geschwistern Fleck und Knickohr. Doch dann werden plötzlich alle drei verkauft! Und die Familie, die Hausschuh als Weihnachtsgeschenk für ihre Kinder haben möchte, hat leider überhaupt keine Ahnung von kleinen Hunden. Eine Katastrophe jagt die nächste, und je näher Weihnachten rückt, desto mehr Sorgen macht sich Hausschuh. Denn wenn Weihnachten kommt, soll er gelernt haben, wie man sich benimmt. Aber Hausschuh weiß ja gar nicht, was Weihnachten überhaupt ist. Oder wer? Fest steht nur eins: Weihnachten ist jedenfalls nicht gut für kleine Hunde …

Und wenn sie nicht gestorben sind ...

Michael Buckley
DIE GRIMM AKTEN – ACH WIE GUT, DASS NIEMAND WEISS ...
Band 2
Aus dem amerikanischen Englisch von Collin McMahon
256 Seiten
ISBN 978-3-8432-0046-2

... dann leben sie noch heute. Und zwar in Ferryport Landing, einer amerikanischen Kleinstadt. Dort haben sich all die geheimnisvollen Märchenwesen, die sogenannten Wareinmale, niedergelassen. Und die Aufgabe der Familie Grimm ist es, unter ihnen für Ordnung zu sorgen – als Märchendetektive. Sabrina (11), Daphne (7) und ihre Omi Relda stürzen sich begeistert auf diese Aufgabe! Dieses Mal haben sie es mit einem besonders ausgefuchsten Wareinmal zu tun ...

Die Welt der Märchen neu verpackt!

Angriff auf die Lachmuskeln

Raymond Bean
STINKER!
Aus dem amerikanischen
Englisch von
Gerold Anrich und
Martina Instinsky-Anrich
160 Seiten
mit zahlreichen
Abbildungen
ISBN 978-3-8432-0033-2

Frage: Was ist schlimmer als ein Furz im Klassenzimmer?
Antwort: Wenn die ganze Klasse dich für denjenigen hält, der ihn hat »fahren lassen«.

Keith muss sich mehr mit Fürzen beschäftigen als ihm lieb ist, denn er kriegt die Schuld an den Stinkbomben, dabei war er es gar nicht. Seinen Spitznamen *Stinker* hat er trotzdem weg. Doch dann hat Keith die geniale Idee. Der Viertklässler will rauskriegen, wodurch menschliche Gase angenehm riechen. Das ist nicht ganz einfach, aber ein echter Forscher wie er gibt nicht so schnell auf ...